HELLO, UNIVERSE

ハロー
ここにいるよ

エリン・エントラーダ・ケリー 作
ERIN ENTRADA KELLY

武富博子 訳
HIROKO TAKETOMI

評論社

HELLO, UNIVERSE

by Erin Entrada Kelly

Published by arrangement with Pippin Properties, Inc.
through Rights People,
London and Japan UNI Agency, Inc., Tokyo.

装幀=水野哲也（Watermark）

ハロー、ここにいるよ

美しく複雑なみずがめ座のわがキャロルアンに

1

だめ人間

十一歳《さい》の少年ヴァージル・サリーナスは、中学校の一年目を終えたばかりなのに、もう残りの学校生活を思ってどんよりした気分だった。これからの長い年月が、ハードル競走のコースのように、目の前にのびているところを想像《そうぞう》した。ハードルは先へ行くほど高く厚《あつ》く重くなり、その手前で自分はかぼそい両足で立ちつくしている。ヴァージルはハードルが苦手だ。つらい経験《けいけん》から思い知っていた。体育の授業《じゅぎょう》。そこではヴァージルはいちばん小柄《こがら》で冴《さ》えなくて、チーム分けではいつも最後まで選ばれない。

　ともかく今日は学年最後の日なのだから、喜んでもよかったのだ。今年度はおしまい。

スキップしながら帰宅《きたく》して、まぶしい夏休みへ飛びこめばいい。なのに、ヴァージルは負けたスポーツ選手のように、とぼとぼと家の玄関《げんかん》を入った。うなだれ、肩《かた》をまるめ、胸《むね》には失望をつめこんだ袋《ふくろ》が鉄のかたまりのようにのしかかる。なぜなら今日、確定《かくてい》してしまったのだ。自分が〈だめ人間〉だと。

「おかえり、ヴァージリオ」

ヴァージルが「ロラ」と呼《よ》ぶおばあちゃんが、声をかけてくれた。ロラは、ヴァージルのことをヴァージリオと呼ぶ。今は、顔をあげずに、台所でマンゴーを切っていた。

「ほら、あげるからおいで。おまえの母さんったら、また買いすぎたんだよ。安くなってたからって、十個《こ》も。マンゴーを十個もどうするのかね。しかもフィリピン産ですらないんだよ。ベネズエラ産だってさ。ベネズエラ産のマンゴーを十個も買って、いったいどういうつもりだか。安けりゃあ、イエスさまを裏切《うらぎ》ったユダの接吻《せっぷん》だって買うのかね、おまえの母さんは」

ロラは首を横にふった。

ヴァージルは元気がないのを気《け》どられまいと、背《せ》すじをのばした。果物の鉢《はち》からマンゴーを一個とる。とたんに、ロラは眉毛《まゆげ》をよせた。といっても、実際《じっさい》には眉毛はない。きれいさっぱり、ぬいてあったから。

「何かあったのかい、そんな顔して」

「そんな顔って？」

「自分でわかるだろ」

ロラはいちいち説明したがらない。

「またあのパグ犬みたいな顔した男の子にいじめられたのかい」

「ちがうよ、ロラ」

今日ばかりは、そんな心配をするどころではなかった。

「なんでもないから」

「ふうん」

なんでもないはずはないと、ロラにはわかっていた。ヴァージルのことなら、なんでもお見とおしだ。ふたりの間にはひそかなきずながあった。ロラがフィリピンからアメリカにわたってきていっしょに暮《く》らすようになったときから、ずっと。ロラがやってきた朝、ヴァージルの父さんと母さんと一卵性《いちらんせい》ふたごの兄さんたちは、あっというまにロラをとりかこみ、たくさんのハグと歓迎《かんげい》の「ハロー」を浴びせた。それが、ヴァージルをのぞく、サリーナス一家のいつもの姿《すがた》だった。みんな存在感《そんざいかん》が大きく、まるで鍋《なべ》にぐらぐら煮立《にた》つスープのように熱気にあふれている。そばに立っているだけで、ヴァージルは自分がバターを塗《ぬ》っていないトーストのように思えてくる。

「なんてこったい、アメリカに来て最初の思い出が、ズキズキする頭痛《ずつう》になってしまうじゃないか」

ロラは指先をこめかみにおしつけ、ヴァージルの兄さんたち——そのころからすらりと背《せ》が高くて筋肉質《きんにくしつ》だった——のほうへ手をふった。

「ジョゼリート、ジュリアス、わたしのかばんをとってきておくれ。末の孫息子《まごむすこ》にあいさつをしたいからね」

ジョゼリートとジュリアスがさっといなくなると——いつだって気がきく兄さんたちだ——父さんと母さんは自分たちにも理解《りかい》しがたいめずらしい展示物《てんじぶつ》を見せるように、ヴァージルを紹介《しょうかい》した。

「この子が、カメよ」

と母さんが言った。

家ではヴァージルはそう呼《よ》ばれている。「カメ」。なぜなら、なかなか「こうらから出てこない」から。家族にそう呼ばれるたび、ヴァージルの心のどこかがポキリと折れる。

ロラはヴァージルの前にしゃがんで、ささやいた。

「おまえはわたしのいちばんのお気に入りだよ、ヴァージリオ」

そしてくちびるに指をあて、つけくわえた。

「お兄ちゃんたちには、ないしょだからね」

それが六年前のこと。ヴァージルは今でも自分がロラのいちばんのお気に入りだとわかっていた。あれから一度もそう言われてはいないけれど。

ヴァージルはロラを信頼《しんらい》していた。だから、いつかは秘密《ひみつ》を明かせるかもしれない。自分がなぜ〈だめ人間〉なのかと。でも、今はむりだ。今日はむり。

ロラはヴァージルのマンゴーをとりあげた。

「切ってあげるよ」

ヴァージルはとなりに立って見ていた。ロラは年とっていて、手はかさかさした紙のようだが、マンゴーの薄切《うすぎ》りにかけてはまるで芸術家《げいじゅつか》だ。ロラは時間をかせぐようにゆっくりとマンゴーを切りはじめ、口をひらいた。

「ゆうべ、また石の少年の夢《ゆめ》を見たんだよ」

このところ何日も、ロラは石の少年の夢を見ていた。いつも同じ夢。内気な男の子——ヴァージルとさして変わりない——が、とてつもない孤独《こどく》を感じ、森へ散歩に出かけ、石にむかって自分を食べてほしいとたのむ。いちばん大きな石がごつごつした口をあけると、少年は中に飛びこみ、それから二度と姿《すがた》を見せない。少年の両親がその石を見つけたときには、もうなすすべはないのだ。もし自分が石の中にいたら、両親はどのくらいがんばって外に出そうとしてくれるだろう。ヴァージルにはわからなかった。でもロラなら、石がばらばらになるまで素手《すで》で削《けず》ってでも、がんばってくれるにちがいない。

「石の中に飛びこまないって約束するよ」

とヴァージルは言った。

「おまえは、何かをかかえていそうだね。まるで、悲しみのフェデリーコみたいな顔をしてるよ」

「悲しみのフェデリーコって?」

「少年の王さまで、しょっちゅう悲しみにくれていたんだよ。だけど悲しんでいるのをだれにも知られたくなかった。民のみんなには強い王さまだと思われたかったからね。でもついにある日、悲しみをおさえきれなくなった。すべてが外にふきだしてしまったんだ。まるで噴水《ふんすい》のように」

ロラは両手をあげて、水がふきだすしぐさをした。果物ナイフを持ったまま。

「フェデリーコが泣きに泣いたら、陸地はすっかり水びたしになり、ばらばらの島になって流れていった。フェデリーコは島のひとつにとりのこされ、やがてやってきたワニに食べられてしまったのさ」

ロラはあざやかに切ったマンゴーをヴァージルにさしだした。

「はいどうぞ」

ヴァージルはマンゴーを受けとった。

「ロラ、きいていい?」

「ききたいことがあったら、いつでもおきき」

「どうしてロラは、男の子が石やワニなんかに食べられる話ばっかりするの？」

「男の子が食べられる話ばっかりじゃないよ。女の子のときもある」

ロラは流しにナイフを放りこみ、毛のない眉《まゆ》をぐぐっとあげた。

「話がしたくなったら、おまえのロラをさがしにおいで。噴水《ふんすい》のようにふきだして流れていくんじゃないよ」

「わかった。じゃ、部屋に行くね。ガリヴァーが無事か見てくる」

ガリヴァーはヴァージルが飼《か》っているモルモットで、見にいくといつも喜んでくれる。部屋のドアをあけたとたんに、「キュイッ」と鳴くことだろう。それを聞けば、こんなに〈だめ人間〉じゃない気持ちになるかもしれない。

「無事かだって？」

自分の部屋へむかうヴァージルに、ロラが言う。

「モルモットじゃあ、たいしたやっかいごとには巻《ま》きこまれないよ、アナク（フィリピンの言葉で、子ども、息子への呼びかけ）」

ロラの笑い声を聞きながら、ヴァージルはマンゴーの切れはしをかんだ。

2

ヴァレンシア

神さまってどんな姿《すがた》をしているんだろう。わたしにはよくわからない。天国に大いなる神さまがひとりいるのか、それとも、ふたりとか三人とか三十人いるのか。もしかしたら人間ひとりひとりに、ひとりずつ神さまがいるのかもね。神さまが少年なのか少女なのか、はたまた白いひげのおじいさんなのかもわからない。でも、それでいい。だれかが聞いてるって思うだけで、安心できるから。

わたしがだいたいいつも話しかけてるのは、聖《せい》ルネ。本名はレナトゥス・グピル。フランス人の宣教師《せんきょうし》で、カナダにわたった。カナダにいるとき、子どもの頭の上で十字架《じゅうじか》の印をつくったら、呪《のろ》いをかけてると誤解《ごかい》されて、つかまって殺された。

どうして知ってるかっていうと、十歳《さい》の誕生日《たんじょうび》に、ロバータっていう女の子が『耳が聞こえなかった歴史上の有名人』という本をくれたから。わたしならロバータに『金髪《きんぱつ》の有名人』とか『おしゃべりな有名人』とか『わたしの英語のテストをカンニングした有名人』なんて本は絶対《ぜったい》にあげない。どれもロバータにあてはまるけどね。でも、本のおかげで聖《せい》ルネについて知ることができたのはよかった。

わたしは手話を習ってないけど、自力で手話のアルファベットを覚えた。それで、聖ルネをあらわす手話のサインをつくってみた。中指を人差し指にかさねて手話の「R《アール》」の印にして、それを軽く三回くちびるにあてる。毎晩《まいばん》、寝《ね》る前に、補聴器《ほちょうき》をはずしたあとすぐ、このサインをする。それから、てんじょうを見つめながら、自分のお祈《いの》りが上へ上へ上へのぼっていくところを想像《そうぞう》する。お祈りはベッドの上をふわふわただよってから、てんじょうや屋根をつきぬけていく。そして雲までたどりつくと、そこにのっかったまま、こたえてもらうのをじっと待っている。

小さいころは、雲が重さに耐《た》えきれなくなったら、お祈りが全部落っこちてきて、わたしの願いごとはすべてかなうんだと思ってた。でも十一歳になった今では、そんなことはおこらないってわかってる。それでも、つい、お祈りが空へのぼっていくところを思いうかべてしまう。想像するだけなら、害はないよね。

お祈りをするのは夜だけ。一日の中でいちばんいやな時間だから。あたりが静かで暗くて、考える時間がありあまるほどある。ひとつの考えがべつの考えへとつながっていって、気づくと夜中の二時なのに一睡《いっすい》もできてない。それか、眠《ねむ》れても熟睡《じゅくすい》できてない。

前は夜がきらいじゃなかった。

前はベッドにもぐりこむと、すっと眠れて、なんの問題もなかった。

暗いせいじゃない。暗いのがこわいなんて思ったことはないから。一度、両親が〈クリスタル洞窟《どうくつ》〉というところへつれてってくれた。地下にあって、目の前に手をかざしても見えないくらい真っ暗。でも、ちっともこわくなかった。とってもわくわくした。探険家《たんけんか》になった気分だった。洞窟を出たあと、パパがおみやげのスノードームを買ってくれた。ふつうのスノードームはふると雪が舞《ま》うけど、それはコウモリが舞う。そのスノードームをベッドわきのテーブルに置いておいて、いつも寝る前にふることにしてる。ただ、なんとなくね。

だから、眠《ねむ》れないのは暗いせいじゃない。

それは、悪夢《あくむ》のせい。


悪夢はこんなふう。

わたしは広々とした野原に立っている。はじめて来た場所。足もとの草は黄色や茶色で、わたしはおおぜいの人にとりかこまれている。〈悪夢のわたし〉はその人たちを知っている。現《げん》実《じつ》の世界で知っている人のだれにも似《に》ていないのに。その人たちは真ん丸の黒い目でこっちを見る。白目のない目で。すると、青いドレスの女の子が群衆《ぐんしゅう》から離《はな》れてこっちへ一歩ふみだす。そして、ひとこと口にする。「日食」と。わたしは補聴器《ほちょうき》をつけていないし、その子はくちびるを動かしていないのに、何を言っているのかわかる。夢《ゆめ》の中って、ときどきそういうことがおこるよね。

女の子は空を指さしている。

〈悪夢のわたし〉は女の子が指さす場所をじっと見つめる。まだ、こわくはない。ほかのみんなと同じように首をのばす。みんなで見ていると、月が太陽の手前に移動《いどう》していく。あざやかな青い空が灰色《はいいろ》に変わってから暗くなり、〈悪夢のわたし〉はこんなにすごい景色《けしき》は見たことないと感心する。

でも、悪夢のしくみは不思議。

どういうわけか〈悪夢のわたし〉は、このあといやな結末になるのを知っている。月が太陽の前をとおりすぎたとたん、耳に血がどっと流れこみ、手のひらが汗《あせ》でじっとりする。視線《しせん》を空から下へおろす――ゆっくり、ゆっくり、見たくないと思いながら――と、予想《よそう》していたとおり、まわりのみんながいなくなっている。あれだけおおぜいの人がみんな。ドレスの女の子もいない。動くものもない。草の一本さえ動かない。野原が何キロにもわたって広がっているだけ。月がみんなをひきつれていってしまった。〈悪夢のわたし〉を置き去りにして。

わたしはこの地球でたったひとりの人間になってしまう。

何時だかわからないけど、おそいのはわかる。真夜中は過《す》ぎている感じ。悪夢のことなんて考えたくないのに、こうしてベッドに横になって、考えてしまっている。〈クリスタル洞窟《どうくつ》〉のスノードームをふって、コウモリたちが飛びまわるのを見つめた。それから部屋のてんじょうのぼこぼこしたペンキに気持ちを集中させた。ポップコーンのペンキ、とパパは呼《よ》んでいる。小さいころは、てんじょうが本物のポップコーンでできているつもりになって、パパとふたりで口をうんと大きくひらき、ポップコーンが落ちてくるのを待ちかまえてたっけ。

「つぎはリコリス・キャンディーのペンキを塗《ぬ》ってあげるよ」

とパパは言ってた。パパのいちばん好きな食品群《しょくひんぐん》はリコリスだって、うれしそうに言う。そのたびに、わたしはかぶりをふって言いかえす。

「チョコレート、チョコレート、チョコレート!」

お約束の言い合いだった。でも今はもうそんなことはしない。

パパは十一歳《さい》の女の子のパパでいる方法がわからないんじゃないかな。十一歳の女の子は肩《かた》車《ぐるま》できない。ひざやひじばっかりめだつ、身長百六十五センチの女の子ならなおさら。ホットチョコレートをつくっていっしょにサンタクロースを待つことも、絵本を読んであげることもできない。

それでも、ポップコーン・リコリス・チョコレートのてんじょうのことを思い出したら、ほっとした。

悪夢《あくむ》のことを考えるよりまし。

目をつぶると、てんじょうの扇風機《せんぷうき》のうなりをほっぺたに感じる。わたしは心に決めた。もし今夜また悪夢を見たら、だれかに話して助けてもらうって。だれに相談するかはわからない。でも、だれか。ママ以外のだれか。

誤解《ごかい》しないで。ママは話しやすいときもある。いい日にあたれば、そんなにママっぽくないから。でも、どっちのママが出るのかは予測《よそく》がつかない。わたしのことを守りすぎたり、決めつけすぎたり、とにかく、やりすぎる。あるとき、はっきりきいてみた。ママがそうなるのは、わたしの耳が聞こえないから？　って。だって、わたしにはそう思えるときがある。

「ママがあなたを守ろうとするのは、耳が聞こえないからじゃないわ。あなたのママだからよ」

ママはそうこたえた。だけど、ママの目を見ると、それだけが真実じゃないのがわかった。わたしは目を読みとるのがうまい。くちびると同じように。

ママにだけは絶対《ぜったい》に悪夢のことを知られたくない。もし知ったら、毎朝、毎晩《まいばん》、どうだったかきいてきて、精神科《せいしんか》のお医者さんかだれかにみせようとするに決まってる。

でも、もしかしたら、それも悪くないのかも。

もしかしたら、それですこしは眠《ねむ》れるようになるのかも。

目をつぶった。

何かすてきなことを考えよう。

明日からの夏休み。そう。そのことを考えよう。六年生（アメリカのこの地域では、中学校の一年目にあたる）が終わって、のんびりした夏が目の前にある。まあ、いっしょに遊ぶような友だちが何億人《おくにん》もいるわけじゃないけど。でも、だから？　それなら、自分で楽しいことをつくりだせばいい。森を探険《たんけん》して、メモをとって、動物観察日記に書きこもう。鳥のスケッチもできるかも。

することはいっぱいある。

何億人もの友だちなんか、いらない。

友だちなんか、だれもいらない。

自分がいればじゅうぶん。だよね？

ひとり――それがいちばんいい。

それがいちばん、めんどうじゃないから。

3

べつの種類の助け

　ガリヴァーはいい友だちだ。モルモットであろうとなかろうと。ヴァージルがどんな話をしても、ガリヴァーはいいとか悪いとか決めつけない。それこそ、ヴァージルに必要なことだった。ただ、ヴァージルには実際的《じっさいてき》な助けも必要だった。

　べつの種類の助け。

　以前にロラが、ダヤパンという女の人の話をしてくれた。ダヤパンは作物の育てかたを知らなかったので、七年間おなかをすかせていた。ある日、ダヤパンは泣きだした。ひとつぶの米とひとさやの豆、それさえあればいいのに——とにかくおなかに入れられるものさえあれば。ダヤパンが泉《いずみ》につかって、涙《なみだ》を洗《あら》い流《なが》したとき、大いなる精霊《せいれい》があらわれた。腕《うで》いっぱいにかかえていたサトウキビと米をすべてダヤパンにあたえ、もっと育てるにはどうすればいいかきちんと教えた。ダヤパンは二度とおなかをすかせることはなかった。

ヴァージルは自分にも大いなる精霊があらわれて、どうすればいいか教えてくれたらいいのにと思った。でもヴァージルには、カオリ・タナカしかいない。

ヴァージルはガリヴァーに食べるものをあげると、朝ごはんにむかう廊下《ろうか》で、カオリにメッセージを送った。ふつうなら、朝っぱらの七時四十五分から、だれかにメッセージを送ったりなんかしない。それも夏休みの初日に。でも、カオリにはふつうなところがまったくなかった。それに、いつだって起きているようだった。

できたら今日の午後、
予約をお願いします。

ヴァージルは携帯《けいたい》電話をパジャマのポケットにしまうと、両親と兄さんたちの聞きまちがえようのない声がするほうへむかった。兄さんたちは年がら年じゅうサッカーの練習をしているようで、いつも早起きだ。

台所に行くと、母さんと父さんと兄さんたちがオレンジジュースを飲みながら、存在感《そんざいかん》をめいっぱい際立《きわだ》たせていた。ヴァージルはそのさわぎの間をぬって、果物をとったり、たまごをゆでたりしようとした。

「おはよう、ヴァージリオ！」

とジョゼリートが言った。

「おはよう、カメ」

と両親がほとんど同時に言った。

それから、ジュリアスがセブアノ語（フィリピンのセブ島などで話されている言語）であいさつした。

「マーヨン・ブンタグ、弟よ」

ヴァージルはぼそっと「ハロー」のような言葉をつぶやいた。両親と兄さんたちは台所のカウンターにならぶ、背《せ》もたれの高い椅子《いす》にすわっている。ロラは朝ごはんのテーブルについて、新聞を読んでいる。

「おまえの母さんがクレメンタイン（ミカンに似た小型のオレンジ）を買いすぎたから、いくらでもお食べ」

ロラが顔をあげずに言った。そして、むだづかいにあきれたように舌打《したう》ちした。ヴァージルはクレメンタインを左右の手でひとつずつつかむと、落とさないように気をつけながら、ロラのとなりにすわった。ポケットの携帯《けいたい》電話がブルルッとふるえた。

「なんの記事を読んでるの、ロラ？」

ヴァージルはたずねた。クレメンタインを目の前にまっすぐにならべてから、携帯電話を確《かく》認《にん》する。

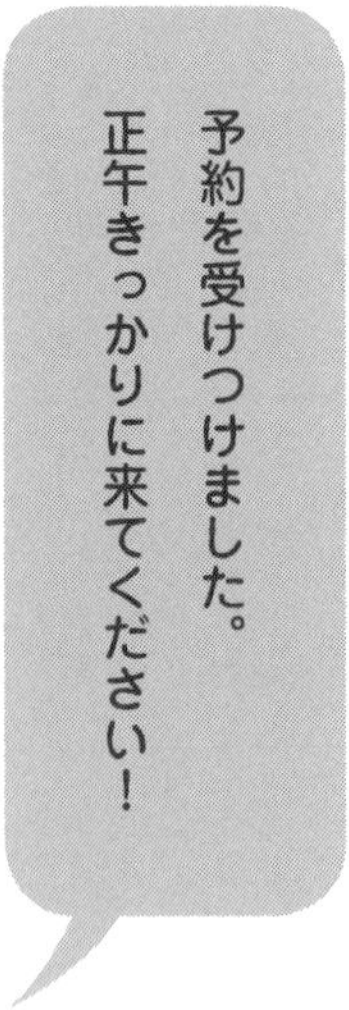
予約を受けつけました。
正午きっかりに来てください！

ヴァージルはテーブルのクレメンタインの横に携帯電話をふせた。

「この宇宙《うちゅう》は死と破壊《はかい》だらけだよ」

とロラがこたえた。

「すみずみまで邪悪《じゃあく》なものにおおいつくされてるね」

するとジュリアスが首をのばして言った。

「そんなにさ、悲観しないでよ、ロラ」

ヴァージルはだいぶ前から、うすうす思っていた。兄さんたちは完璧《かんぺき》な体と運動神経《しんけい》を持つ幸せな子どもを製造《せいぞう》する工場でつくられ、自分はあまった材料のよせあつめなのではないかと。ジョゼリートとジュリアスができる過程《かてい》で何か失敗があったとしたら、両手の小指がわずかに内側に曲がっていることくらいだった。

ヴァージルはクレメンタインの皮をむきながら、自分の両手をよく見た。内側に曲がった指は一本もない。

「ロラは、手について何か知ってる?」

ヴァージルはそうきいてから、ちらっとジョゼリートとジュリアスのほうを見たが、ふたりともサッカーの話に夢中《むちゅう》だった。父さんまで最近、大人のサッカーチームに入った。だれもかれもサッカーに熱狂《ねっきょう》している。ヴァージル以外は。

　ロラは新聞をおろした。

「手について知ってるのは、指が五本ずつあるってことだよ。たいがいはね」

「たいがいって、どういうこと？」

「ふるさとの村に、生まれつき親指が一本多い女の子がいたんだよ」

「本当に？　それでどうしたの？　お医者さんに行って、とってもらったの？」

「いいや。その子の家はまずしかったからね。医者になんか行けないよ」

「じゃあ、どうしたの？」

「親指を残しておいたよ。ほかにどうすりゃいい？」

「その子、自分のこと、異常《いじょう》だと思ってた？」

「もしかしたらね。でも、わたしはその子に言ったんだよ。神さまはその子の知らないことを何かごぞんじだったから、それで、そうなさったんだろうってね」

「神さまはその子に、ヒッチハイクの名人になってもらいたかったのかも」

「もしかしたらね。それとも、ルビー・サン・サルバドールのようになってほしかったのかもしれないよ」

「ルビー・サン・サルバドールって？」

「村にいたべつの女の子だよ。七人の姉さんがいてね。ひとり生まれるたびに、両親は運勢《うんせい》をうらなってもらった。だけど、ルビー・サン・サルバドールの番になると、だれも運勢を読めなかったんだ。だれが試しても、まったくの白紙しか出てこない。だれにも意味がわからなかった。ルビーは歩きまわっては『わたしの運命は何？　わたしの運命は何？』ときいてばかりいたんだ。しまいにこう言ってやったよ。『そんなことは、だれにもわからないよ。だけど、そんなにきいてばかりいたら、みんながまいっちまう』ってね」

ヴァージルは、自分には手に入らないものを持つ姉さんたちを見つめる、かわいそうなルビー・サン・サルバドールのことを考えた。

「その子、どうなったの？」

「自分で答えを見つけようと、村を出ていったよ。あのたくさんの質問《しつもん》がなくなって、村はずいぶんと静かになったね」

ロラは目をぐっと細めてヴァージルを見た。

「どうしたんだい、ヴァージリオ？　やぶからぼうに、手についてきくなんて」

「ぼくの指は全部きれいにまっすぐだなって気づいたんだ。そう思わない？」

ヴァージリオはクレメンタインの皮をわきによせ、テーブルに手をのせてロラに見せた。

ロラはうなずいた。

「ああ、おまえはきれいな手をしてる。才能《さいのう》あるピアニストの手だ。ピアノを習わしてあげなきゃいけないね。リー！」

ロラは、ヴァージリオの母さんを呼《よ》んだ。

「リー！」

「なあに、マナン？」

ヴァージリオの母さんがこたえた。笑っている最中だった。母さんはいつでも笑っている最中だった。

「なんでヴァージリオにピアノを習わせなかったのかね？　この子はピアニストの手をしてるよ」

すると、父さんがかわりにこたえた。

「男の子はスポーツをしないとな。つまらないピアノなんかいじってないで。そうだろ、カメ？」

ヴァージルはクレメンタインを半分、口につめこんだ。

父さんはオレンジジュースのコップを持ちあげた。

「その骨《ほね》にもうすこし肉がついてきたらな」

ロラはヴァージルの手を見つめながら、かぶりをふってつぶやいた。

「なんてこったい。おまえはピアノを弾《ひ》いたらいいよ、アナク。その指があったら、マディソン・スクエア・ガーデン（ニューヨークにあるスポーツやコンサートなどのイベントで有名な会場）でだって演奏《えんそう》できる。まちがいないね！」

「ピアノ、習おうかな」

ヴァージルは果物をつめこんだ口でもごもご言った。

「そうだよ、そう。いいね、それがいい」

ロラはそう言ってから、ヴァージルの顔に目をむけ、しげしげと見た。

「今日は、すこしは気分がよくなったかい？」

ヴァージルはクレメンタインをのみこんで、うなずいた。

「ふーむ。おまえの小さいペットはどうしてる？」

「元気。でも、ゆうべインターネットで読んだんだけど、モルモットは社交的な動物だから、ひとりでいるのはよくないんだって」

「だから？」

「ガリヴァーはひとりぼっちなんだ」

「それで心配なのかい？」

ガリヴァーと、自分が〈だめ人間〉であることは、まったく関係ない。そしてふだんなら、ヴァージルはうそなんかつかない。でも、この状況《じょうきょう》で「うん」とこたえれば一石二鳥、ひとつの石で二羽の鳥をうちおとせる（ひとつの種で二羽の鳥を食べさせられる、とカオリなら言うだろう）。モルモットをもう一ぴき飼《か》わせてもらえるかもしれないし、ロラはヴァージルの悲しそうな顔についてきくのをやめるだろう。だから、ヴァージルはこう言った。

「うん」

ロラはうなずいた。モルモットをペットにしたいという気持ちは理解《りかい》できなくても、ひとりぼっちでいるのがどんなことなのかは、だれだってわかる。

「おまえの母さんに話してみるよ」

ロラは言った。

4

仏教寺院の鐘

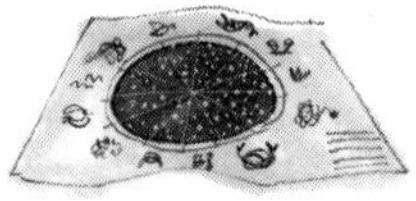

十二歳《さい》のカオリ・タナカ――ふたご座《ざ》なのがじまん――は、自分の両親は霧《きり》深い山奥《やまおく》にあるサムライの村の出身だと人に言うのが好きだった。実際《じっさい》には、カオリの両親は日系《にっけい》二世のアメリカ人で、オハイオ州の出身だ。でも、そんなのはたいしたことじゃない。本来は山奥で生まれるはずだった、とカオリは直感でわかっていた。人は場所をまちがえて生まれてくる場合もある。そうでなければ、カオリになぜ霊能力《れいのうりょく》があるのか、説明がつかないではないか。そういう能力は神秘的《しんぴてき》な場所でしか生まれないのだから。

　カオリは夏休みの初日に、しかも朝の七時四十五分に、相談者のひとりから（じつを言うと、相談者はひとりしかいないのだけど）メッセージをもらって、やや驚《おどろ》いた。でも、そういえば前の晩《ばん》、すうっと眠《ねむ》りにつきそうになったとき、大きな門柱にとまるタカのイメージがうかんだのだった。今にして思えば、あれはタカではなくてハゲワシ、つまり「ヴァルチャー」だったのかもしれない。そしてヴァルチャー（ＶＵＬＴＵＲＥ）はＶ《ヴィ》の字ではじまる。ヴァージル（ＶＩＲＧＩＬ）の名前と同じように。これほどはっきりしたつながりはないだろう。

すでに起きていたカオリは――なるべく夜明けとともに起きるのが信条《しんじょう》だ――仏教寺院《ぶっきょうじいん》の鐘《かね》の音を聞いた。メッセージが来た合図だ。すぐに携帯《けいたい》電話をつかんで、ヴァージルからのメッセージを読んだ。

「まぎれもない緊急事態《きんきゅうじたい》ね」

カオリはベッドの上でそう言った。ひとりでいるときにも、声に出して言うのが好きだった。ひょっとしたら霊たちが聞いているかもしれない。

メッセージに返信すると、カオリはお香《こう》のスティックに火をつけ、十二星座《せいざ》が描《えが》かれた丸い敷物《しきもの》を横切って、廊下《ろうか》に出た。そして妹の部屋をそっとノックした。まだだれも起きていない。まして、七歳のユミが起きているはずがない。ユミはかに座で、朝が弱い。かに座はよいっぱりで有名なのだ。

「ノックは不毛ね」

ドアをあけると、またしても妹のショッキングピンクのドレッサーとショッキングピンクのカーテンとショッキングピンクの敷物《しきもの》とショッキングピンクのかけぶとんに圧倒《あっとう》されて、ややふきげんになった。いかにも小学二年生らしい部屋で、床《ゆか》にはクマのぬいぐるみが散らばり、プラスチックのティーカップやティーポットがあちこちにひっくりかえっている。ユミはとんでもない散らかし屋だ。それに、趣味《しゅみ》がつぎからつぎへと変わるようだった。将来《しょうらい》は何かのチャンピオンになると決めている。むかしは、ケンケン遊びのチャンピオンをめざしていた。そのあとは、うんていだった。それから、ボードゲームのチェッカー。床には、吹《ふ》きこなせるはずだったリコーダーや、アマチュア歴史家になろうとしたときの、リンカーン元アメリカ大《だい》統領《とうりょう》の子どもむけの伝記が放りだされている。ほそいベッドの横では、ピンクのなわとびのロープが、ヘビのようにとぐろを巻《ま》いている。今はなわとびに夢中《むちゅう》になっている証拠《しょうこ》だ。

「あの子もいつかは大人になるでしょ」

カオリは霊《れい》たちに言った。そして妹のそばへ歩みより、いらだちのため息をついて、なわとびのロープを足でどけた。この一週間ずっと、ユミは家じゅうをなわとびしてまわり、家族を怒《おこ》らせていた。すでにコップを三つも割《わ》っている。

「ユミ」

カオリは妹の肩《かた》をつついた。

「起きて。今日は相談者が来るから、準備《じゅんび》しないと」

ユミのまぶたがピクリとしたけれど、ひらきはしなかった。

「ユミ」

カオリはもうすこし強くつついた。妹はウサギのもようのパジャマを着ている。信じられない。

「起きて」

ユミはムニャムニャ言って、かけぶとんを頭からかぶった。

カオリは自分のパジャマ——真っ黒で赤いふちどりがついている——の前のしわをのばして言った。

「もういい。わたしひとりで〈精霊《せいれい》の石たち〉の準備をするから」

ユミはかけぶとんをはねあげた。目を見ひらいている。黒い髪《かみ》が四方八方にはねている。

「〈精霊《せいれい》の石たち〉を使うの？」

「使うことになる予感がするの。勘《かん》だけどね。でも、あんたがそんなに寝《ね》ていたいのなら……」

「起きる、起きるよ」

ユミは起きた。

「〈精霊の部屋〉で待ってる」

カオリはそう言ってから、ユミのパジャマのほうへ手をふった。

「そのウサギたちをどうにかしてから来て」

5
カメ

モルモットのことは事実だ。本来はひとりぼっちでいる生き物ではない。知らなければよかった、とヴァージルは思った。ガリヴァーはうつ状態《じょうたい》になって弱っているにちがいない。このかわいそうな白黒もようの齧歯類《げっしるい》の小動物は、十八か月前からひとりぼっちだった。ずっとさびしくてたまらなくて、もんもんとすごしていたのだろう。

カオリとの約束の前に、ヴァージルはリュックの中身を全部出して、戸棚《とだな》からこっそりとってきたフリースの毛布《もうふ》をしきつめた。それから中にガリヴァーを入れた。タナカ家へいっしょに出かけるのだ。そうすれば、ガリヴァーも自分もひとりぼっちではなくなる。

ケージからかかえあげるとき、ガリヴァーは「キイッ」とも言わなかった。これもやはり、やるせない悲しみのせいだろう。

「ペットショップのおじさんは、モルモットが社交的な生き物だなんて、教えてくれなかったんだ」

ヴァージルはガリヴァーのつぶらな黒い目をのぞきこんで言った。

「ごめんね」

ガリヴァーを毛布《もうふ》の上にしんちょうにのせ、リュックのファスナーをしめる。ただし、息ができるように、すこしあけておいた。

「気持ちがわかるよって言ったら、すこしは気分が楽になるかな」

ヴァージルが〈だめ人間〉になった今、ふたりは心の友だ。

ガリヴァーが安全に中におさまると、ヴァージルはリュックを背負《せお》った。今日は木曜日だから、母さんは夜勤《やきん》がはじまる時間まで病院に行かない。今は両足を曲げてソファにすわり、テレビを見ている。ヴァージルは両親のどちらとも話をしないで、玄関《げんかん》からそっと出ていくつもりだったのに、あてがはずれてがっかりした。

運が悪い。

「カメ、どこへ行くの？」

母さんがきいた。

両親に「カメ」と呼《よ》ばれると、学校でチェット・ブルンズに「ウスノロ」と呼ばれるのと同じような気分になる。両親がチェット・ブルンズとちがうのはわかるが、それでも、ひっこみじあんのヴァージルをからかっていた。からかっているという点では、チェット・ブルンズがヴァージルのことを、十一歳《さい》のくせにかけ算の九九も覚えていないと笑うのと同じだ。ヴァージルが「カメ」という呼び名をどんなにいやがっているか、両親はわかっているのだろうか。

「カオリの家」

ヴァージルはつぶやいた。

サリーナス家とタナカ家の母親同士は病院で知り合った。ふたりとも看護師《かんごし》だ。

「マンゴーを持っていきなさい。熟《じゅく》すまで食べないようにって言うのよ」

ヴァージルは時間が刻々《こっこく》と過《す》ぎていくのを感じながら、台所へ急ぎ、果物の鉢《はち》からマンゴーを一個《こ》つかんだ。ロラはこの三日間ずっと、母さんが果物を買いすぎると文句《もんく》を言っていた。だから、母さんは自分が正しかったと示《しめ》すため、マンゴーもクレメンタインもひとつもむだにさせまいとしているのだろう。

玄関《げんかん》のドアの取っ手をまわしたとき、母さんの声がした。

「カメ、あんまり遠くまで行かないでね。マハル・キタ。気をつけなさいよ」

ヴァージルは半びらきのドアの前で立ち止まった。

「母さん?」

「なあに?」

そんなふうに呼《よ》ばないで。

六歳《さい》にもどったような気分になるから。

負け犬になった気分になるから。

「マハル・キタ」

とヴァージルは言った。「大好きだよ」という意味。

ヴァージルはあたたかい日差しの中に出ていった。

6

ニレ通りのトラ

タナカ一家は、うっそうとした小高い森をこえた先の、カエデ通り一四〇一番地にある、ふつうの家に住んでいた。ヴァージルの足ではそれほど遠くない。森をとおりぬけ、ニレ通りとトネリコ通りをわたれば、もうすぐそこだ。でも、それではかんたんすぎたのかもしれない。運命は（それともただの不運なのか、ヴァージルにはわからないが）、タナカ家への道すじに、チェット・ブルンズの家を置いた。ニレ通り一四一七番地に。しかも九十パーセントの確率《かくりつ》でチェット——別名「ブル」——は、家の前の私道《しどう》でバスケットボールのシュートをしていた。ヴァージルの両親は、近ごろの子どもはちっとも外で遊ばない

でゲームばかりしていると文句《もんく》を言うが、このブルはちがう。おりから逃《に》げだしたトラのように、ニレ通りをうろつきまわっている。

ヴァージルが心の中でチェットを「ブル」と呼《よ》んでいるのは、名字が「ブルンズ」だからだけではない。「ブル」には「あらあらしい雄牛《おうし》」や「攻撃的《こうげきてき》な人」という意味があり、まさにチェットはそのとおりなのだ。いつでもつっかかってきたり、ヴァージルのことを「ウスノロ」とか「ヘンタイ」とか呼んだりする気がまんまんだ。ときどき、チェット・ブルンズの鼻の穴《あな》から煙《けむり》がふきだすんじゃないかと思うくらいだった。

ニレ通り一四一七番地を避《さ》けるためには、遠まわりして、べつの通りを歩かなくてはならない。数分よけいに時間がかかるが、しかたがない。だから、森をぬけてニレ通りに出たとたんに左に曲がった。本来なら右に行き、つぎの角《かど》で道をわたれば、すぐにタナカ家につくのに。

ヴァージルは顔をふせたまま、リュックの両方の肩《かた》ひもに親指をひっかけた。歩け、歩け、歩け。角にある緑のドアの家まで来たら、右に曲がれ。

なぜかヴァージルは、だれとも目を合わせなければ、気づかれずにすむと思っていた。

でも、そうはいかなかった。

「おい、ウスノロ！」

うしろからだ。かなり遠くから。でも、いくら遠くても関係ない。ブルには弾丸《だんがん》よりも速く距離《きょり》をつめるわざがある。

ヴァージルの心臓《しんぞう》は特別に大きく「ドキン」と鳴った。

緑のドアの家で曲がる作戦は、絶対《ぜったい》安全とはいえない。ときには、チェットはぶあつい手にバスケットボールを持ったまま、自分の家から離《はな》れてうろうろする。だから、避けようがない。

ヴァージルは顔をあげなかった。歩みを速めた。

「おい、ウスノロ！　自分の名前もわかんないのかよ？」

ヴァージルは背中《せなか》に汗《あせ》をたらしながら、さらに歩みを速めた。日差しが強くなってきたのか、ヴァージルの神経《しんけい》が弱ってきたのか。

うしろから、すばやい動きが聞こえた。アスファルトの上のスニーカー。

ブルはうしろからおしたおすつもりか？　バスケットボールを頭にぶつけてくる？　学校ではたいてい、ヴァージルを壁《かべ》へおしやるだけだった。実際《じっさい》に投げとばしたり、なぐりたおしたりしたことはない。でも、どんなことにも、はじめてはある。

ブルのスニーカーが目に入った。ブルの汗《あせ》のにおいがする。自分もそんなにおいがするんだろうか。

「どこに行くんだよ、ウスノロ」

ブルはヴァージルとならんで歩きだした。むかしからの仲よしのように。

ヴァージルはこたえない。歩け、歩け、歩け。

「なあ、教えてほしいんだけどさ」

ブルがつづける。

「五かける五はいくつだよ?」

歩け、歩け、歩け。

「おまえはウスノロだからわからないだろうけどさ、五かける五は、おれがおまえの姉ちゃんとキスした回数」

ブルはけたたましく笑った。歩け、歩け。ヴァージルは〈べつの現実《げんじつ》〉を思いうかべた。そこでは、ヴァージルはしっかりと両足で地面をふみしめ、チェット・ブルンズの目をまっすぐ見すえている。

「ぼくには姉さんなんかいないよ、無知だな」

と、〈べつの現実〉のヴァージルは言いかえす。そして小さなほっそりした手で、才能《さいのう》あるピアニストの指を持つ手で、ブルのシャツのえりをつかんで、手近な木におしつける。

「今言ったことをとり消せ」

と言う。ところがブルはえりをきつくにぎられていて口もきけないから、ヴァージルは片手《かたて》でブルをつまみあげ、家々のむこうまで投げとばす。ブルは三十軒《けん》分の屋根の上を飛んで、だれかの家の煙突《えんとつ》に落ちる。今は夏だからだれも暖炉《だんろ》を使っていないが、そこは燃《も》えるように熱い。ブルは煙突の中につっかえて、そのままローストビーフのかたまりみたいに蒸《む》し焼《や》きになるのだ。

でも、〈べつの現実〉のヴァージルは存在《そんざい》しない。いるのは、カメだけ。だから、ひとことも言わずに、ヴァージルは逃《に》げだした。

ブルは追いかけてこない。ただひたすら笑っていた。

7

奇妙な未来

ブルの姿《すがた》が見えなくなったあとも、笑い声がうるさいハエのようにつきまとってきたが、ヴァージルはなんとかタナカ家の赤いレンガづくりのふつうの家にたどりついた。
カオリみたいな人が、こんなふつうの家に住んでいるなんて、信じがたい。でも考えてみると、家を買ったのはカオリの両親で、子どもは親を選べないことをヴァージルは身をもって知っている。
ユミが玄関《げんかん》のドアをほんのすこしあけた。ピンクのなわとびのロープを聴診器《ちょうしんき》のように首からぶらさげている。ヴァージルは体育の授業《じゅぎょう》で最後になわとびをしたときのことを思い出した。いい経験《けいけん》ではなかった。

「パスワードは?」

とユミがきいた。

「もう五回くらい来てるんだけど。いちいち——」

「パスワード」

ヴァージルはため息をついた。

「金星が西の空にあらわれる」

ユミはうなずいて、わきにどいた。ヴァージルは携帯《けいたい》電話の時計をちらっと見おろした。あんなことがあっても、時間ぴったりだ。廊下《ろうか》の奥《おく》にあるカオリの部屋から、すでにお香《こう》のにおいがただよってくる。〈精霊《せいれい》の部屋〉とカオリが呼《よ》ぶその部屋には、ほとんど物がなかった。ベッドと敷物《しきもの》のほかには、お香を置く台、壁《かべ》の一面に画鋲《がびょう》でとめてある大きくて複雑《ふくざつ》な星座《せいざ》図《ず》のポスター、部屋のすみにおしやられた本があるくらいだ。

カオリは足を組んで敷物にすわり、ひざの上に、ひものついた小さな袋《ふくろ》をのせている。お香の煙《けむり》が頭の上でくるっと輪を描《えが》き、消えていった。ユミはカオリのとなりにすわった。ヴァージルもすわると、リュックをそっとひざにのせた。それから、マンゴーをさしだして、敷物の上に置いた。

「これ、うちの母さんから。でも熟《じゅく》すまで食べないようにって」

カオリがユミにむかってうなずくと、ユミは両手でマンゴーを持って、わきにどけた。

ヴァージルはリュックの中をのぞいて、ガリヴァーの無事をたしかめた。

「その荷物、ユミがあずかるけど？」

とカオリが言った。

「あ、いい」

ヴァージルはあわててことわった。

「中にぼくのモルモットがいるんだ」

ユミの目がぱっとかがやいた。

「ほんと？」

リュックに近づいてきたが、カオリに止められ、またもとの場所にすわった。

「そのリュックの中に、『齧歯類《げっしるい》』の動物がいるの？」

カオリは黒いアイラインをひいた目をすっと細めて言った。

「まあ、そうだけど……でも、ネズミとはちがうよ。モルモットだから」

「齧歯類は齧歯類よ」

カオリはすこし間をおいた。

「では、はじめます」

カオリはひものついた袋《ふくろ》を持ちあげた。ビー玉の袋のように見えたが、ヴァージルが手を入れると、小石がたくさん入っていた。母さんが庭にしいているような小石だ。

「ひとつだけとってください。見てはだめ。とったら、敷物《しきもの》の上に置いてください」

ヴァージルがとったのは、とくにどうってことのない感じの石だった。灰色《はいいろ》で、すべすべしていて、なんとなく三日月のような形だ。

カオリはその石を、考古学者のようにじっくりと見た。それから背《せ》すじをのばし、目をとじた。

「あなたの前には、とても奇妙《きみょう》な未来があります」

カオリは両手の人差し指を左右のこめかみにあてた。黒い髪《かみ》はブラッシングされ、つんつん立っている。まるでマンガに出てくる感電してしまった人のように。くちびるはうすいブルーに塗《ぬ》ってある。

「うーん。とっても奇妙《きみょう》」

「どんなふうに?」

ヴァージルはたずねた。

カオリはくちびるをきゅっととじた。

「しっ」

ガリヴァーがくしゃみをした。

「あなたにこれから何かがおこります」

カオリがつづける。

ヴァージルはユミのほうを見た。ユミは、さあ、というように肩《かた》をすくめた。

「それだけ?　ぼくに何かがおこるって?」

「暗闇《くらやみ》が見えます」

「目をつぶってるからだよ」

カオリは目をつぶったまま、ため息をついた。

「目をつぶってることくらいわかってる。そういう意味じゃないの」

「じゃあ、どういう意味？」

「あなたが暗い場所にいるのが見えます」

「暗いって、どんなふうに？」

「ただ暗いだけ」

ヴァージルの心臓《しんぞう》がはねた。ドキッ。

ヴァージルのふたつめの大きな秘密《ひみつ》は、暗闇がこわいことだった。そう、十一歳《さい》にもなって、こわがっていてはいけないのだが、どうしようもなかった。ロラが語ってくれる物語のせいかもしれない。頭が三つあって暗闇でのさばる邪悪《じゃあく》なサルの話や、悪いことをした子どもを真夜中についばむ鳥の話。ヴァージルにとって、暗闇は目で見ることのできない獣《けもの》だった。

ヴァージルはのどにつっかえていた、チェットのバスケットボールくらい大きなかたまりを、ぐっと飲みこんだ。

「ほかには何も見えません」

カオリが言った。そして目をあけると、ユミの前に手をのばしてマンゴーをとった。においをかぐ。

「熟《じゅく》したかどうか、どうやったらわかるの?」

「やわらかいけど、やわらかすぎない感じになったとき」

ヴァージルはこたえた。恐怖《きょうふ》を脳《のう》のすみにおしやって、もう一度ガリヴァーの無事をたしかめた。

「あの、じつは、なやみがあって、それで来たんだ」

「どんななやみ?」

ヴァージルはカオリのほうを見て、それからユミを見て、自分の考えをまとめようとした。言葉が完璧《かんぺき》に一直線にならんで、はっきりと口から出ていくところを想像《そうぞう》した。つっかかったり、ぬけたり、バカみたいに聞こえたりしないで。これは大事な話だ。自分のいちばんの最高機密《きみつ》の極秘《ごくひ》情報《じょうほう》をあかすのだ。自分が〈だめ人間〉になってしまった理由を。

「あの……」

ヴァージルは口をひらいた。

カオリはマンゴーを両手に行ったり来たりさせている。

「つまり……その……知ってる女の子がいて……その、話をしたいと思ってて……で、学年度のはじめから、話そうと思ってたんだけど……学年が終わっちゃって……で、その……まだ、自分の名前も言ってないんだけど。でも、あの、なんとなく、友だちになれそうな気がして、その……」

「つまり、予感がしたのね！」

カオリが言った。マンゴーを敷物《しきもの》の上に置く。みずがめ座《ざ》のところに。

「ああ、まあ。そんな感じ。うん」

ヴァージルのほっぺたが熱くなった。

ユミが自分のひじをいじりながら、口をひらいた。

「なんでその子のとこに行って、『友だちになって』って言わないの？　あたしだったら、そうするよ」

カオリはユミに呪《のろ》いのまなざしをむけた。

「黙《だま》ってて、ユミ。ヴァージルとわたしは中学生なの。だから、そんなふうにはいかないの。それに、ヴァージルは恥《は》ずかしがり屋でしょ。わからない？」

恥《は》ずかしさの炎《ほのお》が、ヴァージルの胸《むね》から首すじへとのぼった。

「助けてあげられる」

とカオリが言った。

「彼女《かのじょ》の名前は？」

「あの……」

「わたしたち、べつべつの学校でしょ。名前を教えてくれたってだいじょうぶ。たぶんわたし、その子のこと知らないから」

それは、そのとおりだ。カオリは私立《しりつ》の学校に通っている。それにしてもだ。まだ名前を口にするだけの心の準備《じゅんび》ができていなかった。今の状況《じょうきょう》そのものが、じゅうぶんに恥ずかしい。

「じゃあ、イニシャルを教えて」

とカオリが言った。

「わかった」

ヴァージルは深く息を吸《す》いこんだ。

「V《ヴィ》・S《エス》」

カオリは首をかしげた。とまどっている。

「でも、それって、あなたのイニシャルでしょ」

「そうだよ」

とつぜん、カオリの態度《たいど》がぱっと明るくなった。まるでホットプレートにでもすわったかのように。

「これは運命よ！　友だちになる定めだったとしか思えない！　偶然《ぐうぜん》なんてものはないの、ヴァージル・サリーナス」

カオリはくらくらするくらい舞《ま》いあがっている。

「彼女の星座《せいざ》は知ってる？」

認《みと》めるのはものすごく恥ずかしかったが、ヴァージルは知っていた。木曜日に通級指導《しどう》教室に来る生徒たちは、誕生日《たんじょうび》のときにケーキでお祝いをしてもらえる。それで、ヴァレンシアの番が来たとき、覚えておいたのだ。

通級指導教室の生徒が全員で一か所に集まるのは誕生日のときだけだった。それ以外のときは、べつべつの机《つくえ》で先生と一対一ですわり、それぞれの課題にとりくむ。ヴァージルは一時間、ギーグリッチ先生について数字の勉強をしている。ヴァレンシアはキング先生についていたが、何を学ぶ必要があるのだろう。ヴァレンシアは頭がよさそうだ。聞いているかぎりでは、どうやらその週の宿題を見返して、全部理解《りかい》しているかたしかめているだけのようだった。ひとりで本を読んでいていいと言われていることもある。あるとき、ヴァージルはこっそり本の題名を見てみた。『野生とともに生きる――ジェーン・グドール』という本だった。その晩《ばん》、ヴァージルは「ジェーン・グドール」を検索《けんさく》して、チンパンジー研究の世界的な第一人者であることを知った。本も読んでみようと決心した。いつか。

「さそり座《ざ》」

とヴァージルはこたえた。

「おお！　冒険《ぼうけん》好きで勇敢《ゆうかん》！　活発だけど短気！　熱血で自信家！　V《ヴィ》・S《エス》に話しかけるのがこわい理由がわかる。あなたとはタイプがまったくちがうから」

カオリに悪気がないことはわかっていたが、それでもヴァージルは傷《きず》ついた。

カオリは下くちびるをかみしめながら考えている。ユミはなわとびのロープの両はしを持って、ピンと引っぱった。ヴァージルはガリヴァーを見おろした。

しばらく重苦しい時間が静かに過《す》ぎていった。

「どうすればいいか、わかった」

とうとうカオリが口をひらいた。そして史上最大の貴重《きちょう》な情報《じょうほう》をあたえるかのように、ヴァージルのほうへさっと身を乗りだした。ペパーミントガムのにおいがわかるくらい近くに。

「石を五つ、大きさが全部ちがうものをさがして。それを今度の土曜日、午前十一時きっかりにここへ持ってきて。いい？」

「わかった」

「あ、それと、もうひとつ」

カオリはポケットに手を入れた。

「今でも毎週金曜日にロラと〈スーパーセーバー〉に行ってる？」

「うん」

カオリはヴァージルに名刺《めいし》をさしだした。

「これを持っていってもらえない？　掲示板《けいじばん》に貼《は》ってほしいの。自分ですればいいんだけど、名前と電話番号を不特定多数の人に教えると、親が大さわぎするから」

ヴァージルは名刺《めいし》を受けとった。

裏側《うらがわ》に携帯《けいたい》電話の番号が書いてある。

「人に見えるところに貼《は》って」

カオリはつけくわえた。

ヴァージルはそうするとこたえた。

カオリ・タナカ
霊能者
新しい相談者を歓迎します。
大人はおことわり。

8

冷凍食品の通路でのドラマ

「どうしてそんなに静かにしてるのかい、アナク？」

ロラがたずねた。スーパーセーバーで冷凍《れいとう》食品の通路に入ったところだった。

「いつも静かだけど」

ヴァージルはこたえた。

「このロラといっしょのときはちがうよ。それに、今日の静かさはいつもとちがう。今日は、目が静かだよ」

「考えてただけだよ」

「何を？」

ヴァージルは一瞬《いっしゅん》、間をおいた。

「ワニの村のマラヤのこと」

まるっきりうそでもなかった。

ロラの話によると、マラヤはフィリピン人の若《わか》い女の人で、あるとき、おなかをすかせた人々のいる村にさまよいこんだ。村は大きな川の岸辺にあり、そこではみずみずしい果物や野菜が育っていたが、だれにも食べることができなかった。何もかもが、ワニのものだったからだ。そこへある日、マラヤがやってきた。マラヤはグアバの実を木からもいで食べた。村人はおそれおののいた。食べないでくれ、さもないと、われわれはみんな殺されてしまう、とうったえた。それでも、マラヤは食べつづけた。火をおこし、野菜を煮《に》たきした。村人みんなに食べさせた。村人はおそれていたが、ひもじい思いをしていたので、ことわれなかった。するとはたしてワニが水からあがってきて、おれの食べ物を食べたのはだれかとたずねた。マラヤは前に進みでた。村人はみんな、うしろにひかえている。マラヤは親指を自分の胸《むね》にぐいっとおしつけた――「わたしです」。おれの食べ物をすべてうばったからには、村人を食べるしかない、と言うなり、ワニは口を大きくあけた。するどい歯がギラリと光る。とっさに、マラヤは火にくべていた丸太を一本、素手《すで》でつかみあげ、ワニののどの奥《おく》へ投げこんだ。ワニは死んだ。

マラヤにはこわいものなどなかった。

ヴァレンシアもそうだ。

話をするまでもなく、ヴァージルにはわかった。

「なぜマラヤなんだい？」

ロラの質問《しつもん》で、ひもじい村からスーパーセーバーに呼《よ》びもどされた。

ヴァージルは話すことにした。もうすこしで話すところだった。「ワニの村のマラヤのことを考えてたのは、学校に似《に》たような女の子がいるからだよ。ヴァレンシアっていう名前の」と。

そのとき、世にも不思議なことがおこった。ヴァレンシアがあらわれたのだ。この冷凍《れいとう》食品の通路に。ヴァレンシア・サマセット。母親のうしろをのろのろ歩きながら、冷凍のワッフル型ポテトフライをぼんやり見ている。ふたりともきげんがよくなさそうだった。

だれかのことを考えているとき、いきなりその人があらわれると、不思議な感じがする。まるで思いが現実《げんじつ》になったみたいに。これは運命だ、とヴァージルは思った。運命を信じているのかどうか自分でもわからないが、そんなふうに思えた。こんな偶然《ぐうぜん》、ほかにどう説明する？この十一年間、学校以外でヴァレンシア・サマセットの姿《すがた》を見たことなんかなかった。今日まではでは。

〈偶然なんてものはないの〉

〈友だちになる定めだったとしか思えない〉

「どうしたんだい、アナク？」

ロラはカートをすこし前へおし、冷凍《れいとう》ピザを見ていた。ジョゼリートとジュリアスの大好物だが、いいのか悪いのか、ロラはいつも決めかねている。

「安いけど、ゴミだね」

そしてつづけた。

「ほらほら、夢《ゆめ》の国にでも行っちゃったのかい？」

ヴァレンシアはヴァージルに気づいていない。自分の母親を無視《むし》するのに、せいいっぱいだ。

「母親を無視する表情《ひょうじょう》」なら、ヴァージルはよく知っている。

もしもヴァレンシアが顔をあげて、こっちに気づいたら？ ハローって言ってくれるだろうか。こっちから言ったほうがいい？ どうやって？ 補聴器《ほちょうき》を使っている人にどうやってハローって言うんだろう。ふつうに話せばいいのか、特別なことをしないといけないのか。手をふればいいのかも、たぶん。でも、そのあとは？ ハローのあと、なんて言う？

ヴァージルは急に、自分の存在《そんざい》をものすごく意識《いしき》した。さりげなくロラのうしろにまわる。

今ヴァレンシアに見られるわけにいかない。何をしゃべって、何をすればいいのか、わかっていないのだから。でも、もしこれが運命だとして、それを、ありのままの自分でいるせいで、自分からぶちこわしてしまうのだとしたら……？

「ごめん、ロラ」

ヴァージルはつぶやいた。

「学年度の最後の日にあったことを思い出しただけ」

ロラは「ゴミ」のピザをカートに放りこんだ。

「なんだい？　何かあったのかい？」

ロラはうわさ話なら、出どころにかまわず、なんでも聞きたがる。

「えーと、昼食にサヤインゲンが出てきた」

ロラは眉《まゆ》をあげた。

「そんなのが一日の大ニュースなのかい。本当に、もっとワクワクするようなことを見つけたほうがいいよ」

ロラは冷凍ケースから冷凍の芽キャベツの袋《ふくろ》をとって、それもカートに入れた。ゆっくりと前に進んでいく。通路には今、四人しかいない。ロラとヴァージルと、サマセット親子。この照明はいつもこんなに明るかっただろうか。

ロラのうしろにかくれたままでいるのはむずかしかった。第一に、ロラはガリガリにやせている。第二に、ロラはふりむいて、こう言ったのだ。

「何してるんだい、ヴァージリオ？　なんてこったい、おまえをふんづけてしまったじゃないか」

ヴァージルの体がかたまった。

サマセット家の母親が冷凍《れいとう》ポテトフライの袋《ふくろ》をカートに入れた。ヴァレンシアはなおも冷凍ケースをながめている。まるでそれが〈ナルニア国〉への扉《とびら》だとでもいうように。

「あ」

ヴァージルは声を出した。

運命は二度目のチャンスをくれた……それで？　ロラのうしろにかくれたままでいるのか？

つばを飲みこむ。

「あ」

もう一度、声を出す。

今にもヴァレンシアは顔をあげ、こっちを見つけるだろう。そうしたら、何かしないと。何か言わないと。

よし、やろう。今すぐに。手をふって、ハローって言うんだ。バカだと思われようが、気にするもんか。

〈偶然《ぐうぜん》なんてものはないの〉

ヴァージルは一歩前にふみだした。

ヴァレンシアがむこうをむいたまま、こっちに気づかずにとおりすぎたときには、ヴァージルは笑いたいのか泣きたいのかわからなかった。

息を吐《は》き出《だ》し、うちひしがれたまま、ロラのほうへむきなおった。ロラは冷凍グリンピースの袋をふたつ左右の手に持って見くらべている。値段《ねだん》なのか、メーカーなのか、ヴァージルにはわからない。

「アイスクリームを買ってもいい？」

とヴァージルはきいた。アイスクリームは、むかい側の冷凍ケースできれいな列にならんでいる。〈だめ人間〉になったのだとしても、せめて何か楽しみがあってもいいだろう。急いでつけくわえた。

「おいしいのがいい」

ロラは安いアイスクリームを選ぶくせがある。ヴァージルには意味がわからなかった。安いメーカーのは量が三倍多く、大きなプラスチックの箱に入っているが、味があまりよくない。量が多ければ値段《ねだん》も高そうなものなのに、アイスクリームの世界はそういうしくみになっていないようだ。ヴァージルはおいしければ、量がすくなくてもかまわなかった。

ロラはグリンピースに目をむけたまま、「ストロベリー」と言った。

ヴァージルはフレンチバニラのほうがよかったが、それ以上よくばらないことにした。アイスクリームの棚《たな》をじっくり見ながら、完璧《かんぺき》なのをさがす。本物のイチゴのかたまりが入っているやつ。そのとき、またべつの見知った顔が、冷凍《れいとう》ケースのガラス扉《とびら》にうつった。チェット・ブルンズだ。別名「ブル」。「パグ犬みたいな顔した男の子」とロラは呼《よ》んでいるが、実際《じっさい》に本人を見たことはない。そのブルが、ヴァージルのすぐうしろにいて、父親に話しかけている。

まるでボイド中学校のクラス会がここスーパーセーバーでひらかれているようだった。ヴァージルの頭の中のほとんどをしめているふたりの人間が、この無機質《むきしつ》な建物のひとつ屋根の下にいる。二本買うと一本無料になる炭酸《たんさん》飲料や、安売りのマンゴーといっしょに。

ブルはヴァージルに気づいていない。今はまだ。

ヴァージルはすぐさま冷凍ケースの扉をあけた。扉はさっとくもり、息子《むすこ》のブルと父親のブルをかくした(いちばん重要なのは、ヴァージル自身をかくしたことだ)。ヴァージルはそのままじっと立っていた。両腕《りょううで》に鳥肌《とりはだ》が立つまで。歯がガチガチ鳴るまで。ブルンズの男たちがいなくなったと確信《かくしん》できるまで。通路のはしから、ロラが呼ぶまで。

「ほら、早くおいで、アナク!」

ヴァージルは手近にあった箱を、見もしないでひっつかんだ。

9

ヴァレンシア

わたしの名前で戦いを先導《せんどう》できる。ヴァレンシア！　ヴァレンシア！　ヴァレンシア！

頭で思いうかべても、紙に書いてみても、力強くてりっぱな名前。部屋に入ったら「わたしはここだよ！」って言う人の名前。「あなたはどこ？」ってきくんじゃなくて。

ヴァレンシア・サマセット。うん、いい名前。ママによると、最初は「エイミー」と名づけるつもりだったみたい。でも、わたしをひと目見たとたん、「ヴァレンシア」が見えたって。

ママとわたしとで意見が合うのは、この名前のことくらいかも。今もそう。スーパーの冷凍《れいとう》食品の通路で、ママはクシ型のポテトフライに手をのばしてる。クルクル型のじゃないなんて、信じられない！　クシ型がいいと思ってる人なんている？

わたしはママの肩《かた》をトンとたたいて、こっちをむいてもらった。

「クルクル型のにしてくれない？」

冷凍ケースの振動《しんどう》がブーンと補聴器《ほちょうき》にひびいて、ママの言葉がほとんど聞きとれないけど、だめって言ってるのはわかる。大人になって自分のお金で食料品を買うようになったら、いくらでも好きなポテトフライを買えるでしょ……ベラベラベラベラ。

もういいよ。

スーパーになんか来たくもなかった。つまんないし、ほしいものは絶対《ぜったい》買ってもらえない。でもママに、パパがまだ仕事から帰ってこないし、食料のつみおろしを手伝ってほしいから来なさいと言われてしまった。どうせママと言い争ってもむだ。絶対に、絶対に勝てない。だから今は自分の意志《いし》に反してここにいる。

こんなにふきげんなのは、夜中にまたあの悪夢《あくむ》を見たせい。心臓《しんぞう》がバクバクしてそのまま体から飛びだすんじゃないかとあせって、目がさめた。それからはもう眠《ねむ》れなかった。夜明け前からずっと起きてる。

夜明け前に起きると、ひとつだけいいのは、日の出が見えること。すべてがゆっくりしているのに、あっというまで、そこが気に入っている。ちょうどいい時間じゃないと見られない。うまくいけば、空が灰色《はいいろ》からあかがね色に染《そ》まるのをながめていられて、気づくと朝になっている。もう暗闇《くらやみ》はない。

というわけで、わたしは悪夢《あくむ》をひとつ乗りこえて、今はまたべつの悪夢の中にいる。ママといっしょのスーパーセーバー。

「アボカドを三つとってきて」

ママが言う。わたしを自分専用《せんよう》の召使《めしつか》いだとでも思ってるみたい。ママが指さした青果コーナーは、ここから五百本くらい離《はな》れた通路にある。あーあ。アボカドをさがしにいくしかない。好きでもないのに。

なるべく時間をかけることにした。特別ゆっくり歩きながら、食料品の買い出しに来るかわりに、どんなすてきなことができるか考えてみた。

たとえば、両親の寝室《しんしつ》の窓《まど》の外にある鳥の巣を観察できる。その巣にはひなが二羽いる。前は三羽いた。三羽めの子はどこかすばらしいところへ旅に出たと思うことにしているけど、本当はわかってる。ひなが生きぬくのがどんなにたいへんなことか、いろいろ本を読んだからよく知ってる。飛べないと、身を守るのはむずかしい。巣から落ちることもある。ほかの動物にさらわれて、食べられることもある。

スーパーセーバーでアボカドをさがしていなければ、家でひなたちを見守っていられたかもしれない。といっても、木は高いから手が届《とど》かないし、のぞこうとしたら首をめちゃくちゃな角度に曲げないといけないけど。それでも、ひなたちは、だれかが見守ってくれてるってわかるんじゃないかな。聖《せい》ルネがわたしを見守ってくれてるみたいに。

アボカドって不気味で気色悪いけど、食べごろを選ぶのは得意。あんまり緑色ではなく、濃《こ》くなっているのがいい。それを手のひらにのせて、そっとにぎってみる。かなりそっと。強くにぎると、アボカドがあざだらけになってしまう。やわらかいけど、しっかりしたのを選びたい。かんたんにつぶれるようだと、くさっている可能性《かのうせい》がある。でも、ちょっとだけつぶれるていどなら、熟《じゅく》していて食べごろのはず。

完璧《かんぺき》なアボカドを三つ選んだとたん、店内のスピーカーのアナウンスが、補聴器《ほちょうき》の中からとどろいた。音がまったく聞こえないほうが生きやすいんじゃないかなって、ときどき思う。言葉を全部は聞きとれなかったけど、「今週の特売」と言った気がする。つまり、これから五時間くらいアナウンスがつづくってこと。

自動ドアのそばにいたから、音から逃《のが》れるために外に出ようとしたけど、アボカドを持っているのを思い出して、万引《まんび》き犯《はん》にはなりたくないから、立ち止まって入口のそばの掲示板《けいじばん》をながめた。最初からそのつもりだったふりをして。

アナウンスが終わったとき、おもしろいものを発見した。

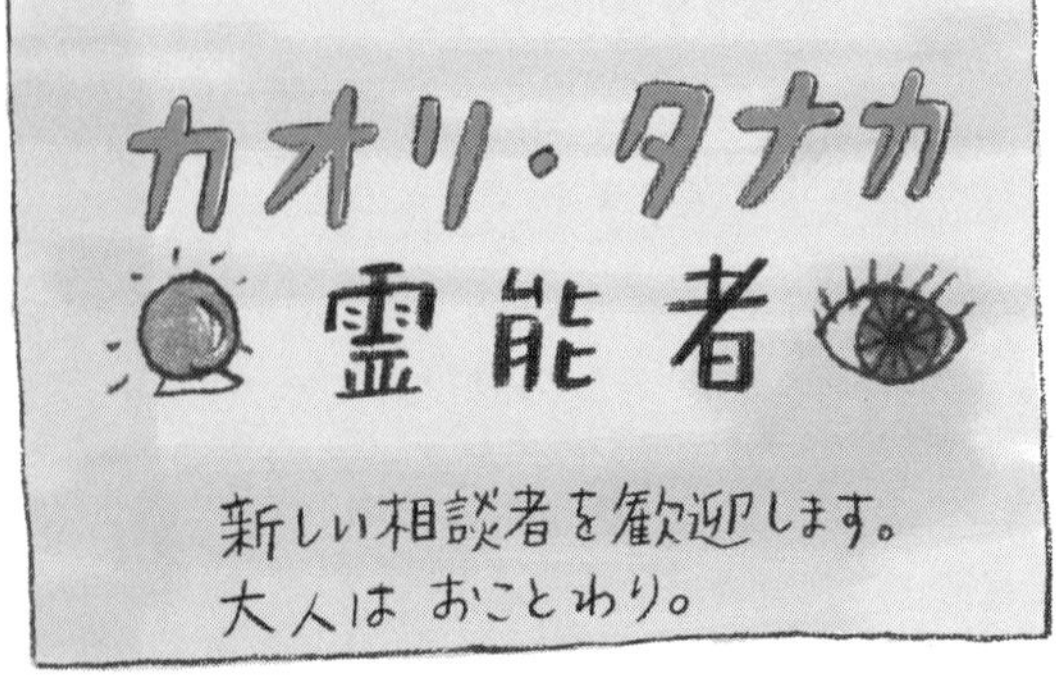
カオリ・タナカ
霊能者
新しい相談者を歓迎します。
大人は おことわり。

霊能者《れいのうしゃ》？

大人はおことわり？

お客さんの年齢層《ねんれいそう》を決めている霊能者がいるなんて知らなかった。

下くちびるをかみながら、「霊能者」と「大人はおことわり」の文字を、百年たったんじゃないかっていうくらい、じっと見つめた。ある考えがうかんできた。

霊能者は未来を予言するけれど、わたしは自分の未来には興味《きょうみ》ない。今の自分を心配している。今の、眠《ねむ》れない自分を。

名刺《めいし》を引きはがし、電話番号を見つけて、うしろのポケットから携帯《けいたい》電話をとりだした。片《かた》方《ほう》の手で番号を打ちこみながら、アボカドを落とさないように気をつける。携帯電話のほうは、ママが強力な保護《ほご》フィルムを買ったから、もし落としたとしても画面は割《わ》れない。ただ、ママは「もし落としたとしても」ではなくて「落としたときも」と言った。今まで物をこわしたことなんかないのに。すくなくとも、ママの知っているかぎりでは。

こんにちは。今スーパーで名刺を見ました。
夢について知ってますか?

打ってから待った。すぐにふきだしがあらわれた。返事が打ちこまれている。

はい。夢についてよく知っています。
フロイトを研究しました。予約されますか？

だれかがぶつかってきた。自動ドアのそばまで来てしまったみたい。わたしは掲示板《けいじばん》のほうにすこしもどった。返信しようとして、はたと気づいたけど、相手はもしかしたら大量殺人者か何かかもしれない。名刺《めいし》に「カオリ・タナカ」と書いてあるからって、相手が本当にカオリ・タナカかどうかはわからない。それか、本当にカオリ・タナカだけど、カオリ・タナカは脱走《だっそう》した精神異常者《せいしんいじょうしゃ》で、十一歳《さい》の子どもを朝ごはんに食べるのが好きな人かもしれない。

あなたは何歳ですか？　連続殺人鬼じゃないって、どうしたらわかりますか？

十二歳です。それからばかげたことを言わないでください。

十二歳っぽくないけど。

またふきだしがあらわれた。

それは、わたしが六十五歳の「自由の闘士」の生まれ変わりだからです。

うーん。これで安心できたのかどうか、よくわからない。
もうすこし考えてみないと。
携帯《けいたい》電話をうしろのポケットにもどし、店の反対側まで歩いていって、ママをさがした。と ちゅうで、学校でいっしょの、くしゃっとした顔の男の子を見かけた。たしか、チェットって いう名前。どうして知ってるかというと、パイパー先生が悪さをする生徒の名前をいつも黒板 に書きだしているから。完全に子どもっぽいやりかただけど、先生たちはときどき生徒を七歳《さい》児《じ》あつかいする。先生と親には共通点が多い。

とにかく、この男の子の名前はいつも黒板に書いてあって、なぜかというと、バカなことばっかりしているから。名字は知らないけど、どうでもいい。頭の中ではそもそもチェットじゃなくて、「クシャット」だと思ってる。よくないことだってわかっているけど、しかたがない。本当に顔がくしゃっとしていて、いやなことをかぎつけているみたいに見えるから。ずるそうな目と、ふくらんだほっぺたを、ぎゅっとよせ集めたような感じ。いじわるな性格《せいかく》は、かならず顔にあらわれる。よく見ないとわからない人もいるけど、もう顔つき自体がそうなっている人もいる。チェットはそっち。

それで、クシャットは、レジの列にむかって歩いていた。大人のクシャット――たぶん父親――といっしょに。わたしは反対方向へ歩いていた。すれちがうとき、わたしはクシャットをまっすぐに見た。何かするだろうと思ったから。ほら来た。クシャットは両耳に指をつっこんで、寄《よ》り目《め》になり、口のはしから舌《した》をつきだした。これを学年がはじまった初日から、ずっとやっている。わたしの耳が聞こえないとわかったときから。いいかげん新しいネタを思いついてもいいんじゃない？

「バッカじゃないの？」

とわたしは言った。

聞こえたかどうかわからないけど、聞かれてもかまわない。

聞かせてやろうじゃないの。

10

ブルンズの男たち

耳が聞こえないなんて、なんだか不気味だ。ふつうじゃない。あの女は生意気だ。

耳が聞こえないのは、うそなんじゃないか、とチェットはうたがっていた。聞こえないふりをしておいて、みんなをこっそり見はっているんじゃないか、と。本当に耳が聞こえないなら、なんでしゃべれるんだ？　口の中にビー玉をいっぱい入れているような、しゃべりかただとはいえ。でも、そのしゃべりかたも演技《えんぎ》かもしれない。それに、あの女はくちびるの動きを読める。はっきり言って、気色悪い。きっとみんなのくちびるから読みとった秘密《ひみつ》を、こっそり日記につけているんじゃないか。それできっとなんでも知っているんだ。だれが自動販売機《はんばいき》の中身をくすねたのかとか、机《つくえ》に悪い言葉をきざみつけたのかとか。そう思うと、チェットはぞっとした。どちらもチェットのしたことだった。

チェットは父親を見あげた。母親の言う「仕事帰りのかっこう」をしている。ネクタイはせず、ワイシャツのいちばん上のボタンははずし、黒のスラックスをはいている。父親がどんな仕事をしているのか、チェットには百パーセントはわかっていなかったが、なんであれ、自分もやりたかった。「法人営業《ほうじんえいぎょう》」とかいうものだ。それがなんなのか知らないけど。ともかくそのおかげでミスター・ブルンズは重要人物として、ときどきヨーロッパやシアトルなどの遠い場所へ出張《しゅっちょう》する。

ミスター・ブルンズはよく、頭のいい男はどんな質問《しつもん》にも答えられる、と言う。そうすることで、人に尊敬《そんけい》される。ほかの人よりたくさんのことを知っていれば、そこまで頭のよくない人に教えられるのだ。ミスター・ブルンズによれば、尊敬には二種類ある。おそれか、あこがれだ。両方が混《ま》じることもある。尊敬されなければ、ただの弱者として、食物連鎖《しょくもつれんさ》のいちばん下でだれかにふみつけにされるまでだ。

だから、チェットは父親に質問するのが好きだった。かならず答えが返ってくる。新しいことを学べる。

「なんで耳の聞こえない人がいるの？」

とチェットはきいた。

ミスター・ブルンズは立ち止まり、徳用《とくよう》サイズのドリトスの袋《ふくろ》をとった。チェットの父親はドリトスに目がない。ときどきチェットに、好きなスナック菓子《かし》を選べと言うが、そんなときチェットはかならずドリトスを選んだ。本当はひそかにチートスのほうが好きなのに。

「さあな。いろいろだな、きっと」

ミスター・ブルンズはドリトスの袋をカートに投げこんだ。

「生まれたときから欠陥《けっかん》がある人もいるんだよ。なんでだ？　そういう人を見たのか？」

チェットはさりげなくふりかえった。ヴァレンシアはもういない。でも、まだにらまれているような気がした。

あの女の子は絶対《ぜったい》にどこかおかしい。

耳の聞こえない人は変わっているだけ。それだけだ。

「ううん、なんでだろうって思っただけ」

とチェットはこたえた。

「この店でも何人かやとってるぞ。スーパーではそういう人たちにも仕事をあたえる場合がある。親切にするためにな。障害《しょうがい》のある人っていうのは、ここがうまくまわってない……」

ミスター・ブルンズが自分のおでこを軽くたたく。

「……けど、食料品の袋《ふくろ》づめならできるってわけだ」

チェットはうなずいた。

「ゆうべ、うちの車庫の前でバスケットボールをバシバシやってたな。聞こえたぞ」

ふたりはクラッカーやクッキーの前をとおりすぎた。ミスター・ブルンズはあたりに視線《しせん》を走らせたが、ちゃんと見ているわけではなかった。

「練習をつづけてるようだな」

チェットは首すじが熱くなった。赤くならないように願った。

「うん。夏じゅう練習したら、今度はチームに入れるかも。入団《にゅうだん》テストは秋までないから……」

チェットはなんでもなさそうに肩《かた》をすくめた。なにげなくふるまっていれば、たいしたことないと思ってもらえるかもしれない。うまくいくまで、うまくいっているふりをしろ。そんな言いまわしを聞いたことがある。

ミスター・ブルンズはこう言った。

「コーチは去年の入団テストでの失態《しったい》を忘《わす》れてないだろうな」

ふたりは通路から出た。ミスター・ブルンズはレジの列を見わたし、いちばん短いところをさがした。チェットはすぐうしろからついていく。

「ゆうべは何発決めたんだ？」

父親がきく。

チェットは両手をポケットにつっこみ、のろのろ歩きながら、七番レジに決めた父親につづいた。

「たくさん」

チェットはせきばらいをした。

「数えきれなくなった」

ミスター・ブルンズはふりかえって、にやりと笑った。チェットの肩を力強くたたき、首すじを軽くつまむ。

「みんながバスケットボールのスター選手になれるわけじゃない。おまえのスポーツはかならず見つかる。コートにはむいてないってだけだ」

父親はレジの前のベルトコンベヤーに目をむけた。前にならんでいる女の人は、ベルトコンベヤーの上にできあいの冷凍《れいとう》食品や、袋《ふくろ》づめのケーキ、炭酸《たんさん》飲料の二リットルのペットボトルをいっぱいのせていた。女の人は大柄《おおがら》だった。部屋着のような服を着ているせいで、よけいに大きく見える。

ミスター・ブルンズは息子《むすこ》のほうに体をかたむけ、ひそひそ声でこう言って笑った。

「あの人はもっと野菜を買ったほうがいい、そうだろ?」

女の人がふりむいて、怒《おこ》った顔をした。さっき、ヴァレンシアがチェットにむけたような顔だ。聞こえたのかな、とチェットは思った。聞こえたほうがいい。人に何かを教えるには、恥《は》ずかしい思いをさせるしかないときもある。目ざめさせる。自分のやりかたがまちがっていたことに気づかせるのだ。ミスター・ブルンズはいつもそう言っていた。実際《じっさい》、それでうまくいく。たいていの人はミスター・ブルンズがそばにいると、姿勢《しせい》を正した。

チェットも笑い声をあげた。

「そうだね」

女の人がたくさんの食料品を買っていたから、ブルンズの男たちはしばらく待ってから、カートの中身をベルトコンベヤーにのせた。ホットドッグ、ドリトス、挽肉《ひきにく》、アイスクリームサンド、ハーシー社の板チョコレート二枚《まい》。

レジの担当《たんとう》は十代の男で、動作がおそくて不器用だった。顔にはニキビがいっぱいある。シャツのポケットからななめにさがっている名札によると、名前はケニーのようだ。その下に「研修中《けんしゅうちゅう》」と書かれている。

「この店を出るころには、息子は高校を卒業してるよ」

ミスター・ブルンズは言った。そしてただのジョークだとわかるように、笑った。

「大学だよ」

チェットはつけたした。父親にしか聞こえない声で。

11

赤い色に気をつけろ

モルモットには人間のような睡眠《すいみん》リズムがない。ヴァージルはそれをインターネットで読んで知った。モルモットは小さくて弱く、かんたんにほかの動物につかまって食べられてしまうので、つねにそなえていないといけない。だから、おちおち眠《ねむ》っていられない。そのため、ガリヴァーのようなモルモットは、しょっちゅう寝《ね》たり起きたりをくりかえす。十五分くらいの間隔《かんかく》で。ヴァージルにはガリヴァーがいつ眠っているのかよくわからなかった。いつだって目をあけているし、木の形をしたプラスチックの小屋にこもっている時間も長い。

といっても、ずっと静かにしているわけで

もない。むかしながらの本能《ほんのう》にしたがいつつ、今の暮《く》らしにもすっかりなじんで、ケージの中を動きまわり、けっこう大きな音を立てる。たとえば、水入れをカタカタ鳴らすのが好きだった。そのせいで、ヴァージルは土曜日の朝七時に目がさめたのだ。

カタカタ、カタカタ。カタカタ、カタカタ。

「もう、ガリヴァーったら」

ヴァージルはつぶやいた。毛布《もうふ》を頭からかぶったけど、むだだった。完全に目が冴《さ》えてしまった。

でも、それでよかったのかもしれない。これで朝ごはんをゆっくり食べて、ガリヴァーをリュックにつめても、石を五つさがす時間がじゅうぶんにある。カオリは石なんかで何をするつもりなんだろう、とすでに何万回も考えたことをまた考えた。もしかしてヴァージルの頭に投げつけて、スーパーセーバーの冷凍《れいとう》ケースの扉《とびら》にかくれたりするようなまねをやめさせるんだろうか。

ヴァージルは起きあがり、のびをしてから、部屋のドアをあけた。耳をすます。何も聞こえない。よし。

つま先立ちで廊下《ろうか》を歩き、音を立ててだれかを起こしてしまわないように気をつけた。みんなのためではなく、自分のためだ。両親や兄さんたちと顔を合わせるのは、一日じゅういつだってたいへんだけど、とくに朝はしんどい。

家の中は静まりかえっている。すばらしい。

いつもはにぎやかな家が静かなのがあまりにもうれしくて、ヴァージルは台所のテーブルのほうを見もしないで、冷蔵庫《れいぞうこ》をあけた。自分の頭の中で考えている声がちゃんと聞こえるなんて、最高だ。大声でしゃべる人も、もっと大声で笑う人もいない。自分を「カメ」と呼《よ》ぶ人もいない。

ヴァージルはミルクに手をのばした。かがやかしい朝のはじまりだ。これから静かにすわって、シリアルの〈シナモン・トースト・クランチ〉を食べながら、今日のことを考えよう。石を五つ、大きさが全部ちがうものを、カオリの家のそばの森でさがすことを考えよう。森の中を探険《たんけん》してはいけないことになっていたが、いい石をさがすにはうってつけの場所だ。もちろん、裏庭《うらにわ》にしいてある石をとってくることもできるが、それではいけない気がした。それでは意味がない感じ。ガーデニング用の石で、カオリは納得《なっとく》するだろうか。

「ミルクを入れすぎてるよ」

ヴァージルはぎょっとした。ミルクがひとすじ、シリアルのボウルに入りそこねて、カウンターにぴしゃっとはねた。

ロラだった。台所のテーブルで雑誌《ざっし》を読んでいる。

「びっくりしたじゃないか」

「部屋に入るときは、かならずよく見ないといけないよ。じっくり見まわすんだ。不意打ちを食らわないようにね」

「考えごとをしてたんだよ」

ヴァージルはこぼしたところをふいて、ミルクを冷蔵庫にもどすと、ボウルをテーブルに持っていった。ロラの言うとおり、ミルクを入れすぎていた。ふちまでいっぱいだ。

ロラは雑誌をおろして、目を細くした。

「近ごろ、よく考えごとをしてるね。おまえの頭の中では、いったい何がおこってるんだい？

サヤインゲンの話はもういらないよ」

ヴァージルはためらった。ヴァレンシアのことは話したくない。まだ心の準備《じゅんび》ができていない。これぱかりは、ロラに助言をもらうつもりもなかった。

でもほかのことなら、ロラの考えを聞くのはぜんぜん悪くない。

ヴァージルはスプーンに山盛《やまも》りのシリアルを口に入れてから、こう言った。

「運命って信じる？」

ロラは椅子《いす》の背《せ》にもたれた。

「ああ、信じるとも。もちろん」

「じゃあ、何かがおこるのには理由があると思ってる？」

「なんてこったい。口をいっぱいにしたまま、しゃべるんじゃないよ。そうとも。いいことがおこるのには、理由があると思ってるよ。悪いことがおこるのにもね」

ヴァージルは食べていたものをのみこんだ。

「どうしていつも悪いことを持ちだすの？」

「悪いことがなければ、いいこともないからさ。全部ただの『こと』になってしまうだろ。そんなふうに考えたことはないのかい？」

「ない」

ヴァージルはシリアルを見つめた。

「ないと思う」

「わたしは予兆《よちょう》も信じているんだよ、ヴァージリオ」

ロラは片方《かたほう》の眉《まゆ》をあげた。奥深《おくぶか》い秘密《ひみつ》をかくしもっているかのように。

「どんな予兆？」

ロラは身を乗りだした。

「ゆうべ、夢《ゆめ》の中にアマドという名前の少年が出てきたんだよ。その子が野原を歩いていると、真っ赤な木があった。アマドはすっかりひきつけられて、その木のほうへ歩いていこうとした。ほかのみんなに行くなって止められたのに。『だめだめ。アマド、やめろ。あの木は悪い。とても悪い』とね。だけど、アマドは聞く耳を持たなかった。なにしろ、あんな木は今まで見たことがない。そのまま歩いていったんだ」

ロラは指先をテーブルの上にぎゅっとおしつけた。まるでアマドがそこに立っているかのように。

「アマドは行ってしまった。みんなの忠告《ちゅうこく》を無視《むし》して。それで、どうなったかわかるかい？」

ヴァージルはミルクをすくったスプーンを口もとに運んで、すすった。

「木に食べられたの?」

「そう。あたりだよ」

ロラはふたたび椅子《いす》の背《せ》にもたれた。

「これで予兆《よちょう》がわかっただろ、ヴァージリオ?」

「みんなに止められたら、木にむかって歩くなってこと?」

「ちがうよ。赤い色に気をつけろってことさ」

「赤い色に気をつけろ?」

「今日のところはね」

ロラはヴァージルに人差し指をむけた。

「わたしからの今日の忠告《ちゅうこく》だよ。ヴァージリオ、覚えておいてくれるね?」

「わかったよ、ロラ」

ヴァージルはもう一ぱいスプーンにすくう前に言った。

「覚えておく」

12

ヴァレンシア

うちの廊下《ろうか》には特別なライトがついていて、だれかが玄関《げんかん》ベルを鳴らすとチカチカ光るようになっている。今朝《けさ》、目がさめたとき、部屋の半びらきのドアから、そのライトが光っているのが見えた。土曜日の朝七時半に玄関ベルを鳴らすなんて、どういうサディストなのって思ったけど、これから自分でたしかめよう。起きているのはわたしだけだから。家の感じでわかる。壁《かべ》まで眠《ねむ》っているみたいな感じ。

はだしで廊下を歩いていった。わざわざ補《ほ》聴器《ちょうき》はつけなかった。玄関にいたのは、ごま塩の口ひげを生やしたおじさんと、目が茶色くてそばかすのある女の子。腕《うで》にパンフレットの束をかかえている。ふたりとも迷子《まいご》には見えなくて、いるべき場所にいるような顔をしている。不思議。だって、見たこともない人たちだから。おじさんは「ハロー」と言って、ふたり分の自己紹介《じこしょうかい》をしたけど、口ひげのせいであんまり理解《りかい》できなかった。たぶん、おじさんの名前は「クレイグ」か「グレッグ」で、女の子の名前は解読困難《かいどくこんなん》だけど「イー」ではじまる気がする。くちびるを動かさないで言える「イーニッド」とか。

おじさんとその口ひげがさらに話をつづけないうちに、わたしは自分の耳を指さして首を横にふり、聞こえないことを伝えた。そうしたらおじさんは、まるでわたしの頭から急につる植物が生えてきたみたいな顔をした。そして大あわてでパンフレットをくれると、そばかすの女の子といっしょにドアから離《はな》れ、さよならと手をふった。おじさんが大げさに口を動かしながら「ありがとうございました」と言ったから、歯が全部見えた。その言葉はみんなが口にするから、くちびるの動きですぐわかる。おじさんが大声を出しているのもわかる。それで何かが変わるとでも思っているみたい。遠ざかっていくとき、女の子がふりむいて、動物園の動物を見るようにこっちを見た。舌《した》をつきだしてやろうかと思ったけど、やめた。となりのフランクリンさんのおばさんの家にむかっていたから、そこできびしい現実《げんじつ》っていうのをつきつけられるはず。フランクリンおばさんは訪問者《ほうもんしゃ》が不意にやってくるといやがる。それにネコを三びき飼《か》っているけど、あんなに性格《せいかく》が悪いネコなんていない。フランクリンおばさんが命令したら、あの三びきはおじさんの口ひげをひっかいて、ぬいちゃうんじゃないかな。

ドアをしめて、パンフレットを見てみた。教会のものみたい。外側には大きな文字で、「言葉は聞く者にしか聞こえない」と書いてある。なんだか笑える。よりによってね。でもグレッグさんだかクレイグさんだかが、もうすこし話をしてくれなかったのは残念。だって、話を聞きたがる人はそんなにいないと思うから。まして土曜の朝の七時半に玄関《げんかん》ベルを鳴らしてまわっていたらね。わたしだったら聞いてあげたのに。

もし話をつづけてくれていたら、その教会がどんな教会でどんな活動をしているのか質問《しつもん》したのに。神さまが少年なのか少女なのか、はたまた白いひげのおじいさんなのかも。聖《せい》ルネを知っているかもきいて、知らなかったら、教えてあげられた。コーヒーのいれかたを知ってるから、いれてあげられたかもしれない。それから礼拝《れいはい》が何時からなのかとか、洗礼《せんれい》があるのならどうやるのかとかも質問したと思う。

でも、そうしないで、わたしはバカみたいにパンフレットを見つめている。それから、キッチンのゴミ箱に投《な》げ捨《す》てた。ママもパパも興味《きょうみ》ないのはわかっている。

パパが廊下《ろうか》を歩いてきた。首のうしろをかいている。起きぬけは、いつもそう。

「今のだれだった、カップケーキちゃん?」

パパがそう言ったのがわかる。流れからして当然の質問《しつもん》だし、わたしのことをいつも「カップケーキちゃん」と呼《よ》ぶから。赤ちゃんっぽい呼び名だから、いやになってもよさそうなのに、ずっとそう呼んでくれたらいいなと思ってる。うんと年とって、三十歳《さい》くらいになっても。

「教会の人たち」

ゴミ箱からパンフレットを出して見せてあげた。パパはうんざりしたように、てんじょうをあおいだ。

「今日は何をして過《す》ごすのかな?」

そう言うと、パパはあくびをして、食料品の戸棚《とだな》にむかう。これからボウルにシリアルを入れて食べるんだ。毎朝そう。夕食にまでシリアルを食べることもある。パパくらいシリアルを食べる人なんていない。しかもパパが好きなのは砂糖《さとう》まみれで、歯がぼろぼろになるタイプ。ママに言わせるとだけど。パパがシリアルをいっぱい食べると、なぜかママはものすごくイライラする。本物の食べ物じゃないと言いはって。

「動物観察日記を持って探険《たんけん》に行くつもり」

そうこたえた。

カオリに会うことは黙《だま》っていた。

やっぱり悪夢《あくむ》をどうにかしたい気持ちのほうが、精神異常者《せいしんいじょうしゃ》への恐怖《きょうふ》をはるかにしのいでいる。だから、危険《きけん》は覚悟《かくご》することにした。予約時間は午後一時。というか、午後一時きっかり。カオリ・タナカは正確《せいかく》な時間にこだわっているみたい。そこが殺人鬼《さつじんき》っぽくない感じがする。もし殺人鬼だったら、時間にこだわるより、もっとほかに気にすることがあるんじゃないかな。

安全を考えて、本名は明かしていない。名前をきかれたとき、ルネとこたえた。名字をきかれたときは、「ただのルネ」と返信した。にせの名字をぱっと思いつけなかったから。

パパがシリアルの〈キャプテン・クランチ〉にミルクをかけている間に、自分の部屋にもどった。もう一度寝《ね》ようかな。まだ朝早いから、このまま起きている気にならない。

〈クリスタル洞窟《どうくつ》〉のスノードームをふって、コウモリたちが水の中に落ち着く前に、ふとんをかぶった。

カオリは森をこえたところに住んでいると知らせてきた。それなら遠くないから、ちょうどよかった。遠かったら、家まで行きようがない。しかも運がいいのは、森なら自分の庭みたいによく知ってるってこと。たとえば森には、夕暮《ゆうぐ》れどきにウッドチャックが出てくる特別な空き地がある。使われていなくてロープもバケツもなくなった古い井戸《いど》もある。つまり、この森はかつてはひらけていて、だれかの家が建っていたってこと。だからこの森の木は、木にしてはだけど、まだ若《わか》い。アメリカスズカケノキやピンオーク、ポプラの木。秋に葉っぱがさまざまな色合いのあざやかな黄色に染《そ》まる木立もある。大好きな場所だから、だいたいいつもそこで日記を書いている。森をとおりぬけて反対側へ出たこともある。住宅地《じゅうたくち》だった。ひょっとして、カオリの家も見たのかもしれない。もしかしたら。

カオリは庭に看板《かんばん》を立てるか何かすればいいのに。相談者を集めるために。

目をつぶって、さっきのパンフレットのことを考えた。口ひげおじさんの教会はどこなんだろう。きけばよかった。

しかたない。でも、教会にいるふりをすることならできる。想像《そうぞう》してみた。わたしは信徒席にすわっている――口ひげおじさんの教会の席はベンチ？それとも椅子《いす》？――そして、大きな大きな祭壇《さいだん》を見あげ、聖《せい》ルネに話しかける。聖ルネはわたしの頭から急につる植物が生えてきたみたいな顔はしない。わかっているから。聖ルネが両耳に補聴器《ほちょうき》をつけているところを思いうかべる。わたしみたいに。

「聖ルネさま」

わたしは話しかける。

「ひとりでいるってことについて考えていたら、それがいちばんいいのかどうか、わからなくなりました。ひとりでカオリ・タナカの家に行かなくてすめばいいのにと思っています。万が一、朝ごはんに十一歳《さい》の子どもを食べる人だったらいけないから。ゆうべは悪夢《あくむ》にうなされなくてよかったです。今日はしっかり目をさまして気をつけないといけないから。ひょっとしたら、カオリは大量殺人鬼《さつじんき》かもしれません。もしもそうだったら、どうかわたしをお守りください。よろしくお願いします。アーメン。アーメンと言うのが正しいのかどうかわからないけれど、よさそうな感じがします。だから。アーメン」

13
ヘビ

　チェットは土曜日の朝、ヘビのことを考えながら、目をさました。ジョン・デイビーズが学校のそばの森でヘビの皮を見つけたと言いはっていたから、チェットはさらに上をねらうことにしたのだ。ヘビの皮を見つけるだけですませはしない。実際《じっさい》のヘビを生けどりにしてみせる。
　やりかたももうわかっていた。まず、がんじょうな長い棒《ぼう》を見つける。それからヘビがいそうな場所をさがす。しげみか、たけの高い草むらか、どこか。そこを棒でつつきまわせば、ヘビの動く音が聞こえるはずだ。とにかくつついて、つついて、つつきまくる——もちろん離《はな》れた場所に立ったままだ。チェットはバカではない――やがてヘビが頭をもたげてシューッと言う。それか、ともかくヘビがそういうときにするようなことをする。そしてとびかかってきたとたん、チェットはかみつかれないようにヘビのしっぽをつかんでから、べつの手でさっと頭の下をつかむ。チェットはすばやい。ヘビよりすばやいのはたしかだ。それに、おそれてもいない。

今日がその日だ。運命の日。

チェットがヘビを気に入っているのは、獲物《えもの》をひとのみにするところだ。みんなはヘビをこわがるけど、それはみんなが弱虫だからだ。だが、チェットはちがう。去年の遠足では、大型ヘビのボアコンストリクターをためらいもせずに持ちあげてみせた。ボッシュ先生も、爬虫《はちゅう》類館《るいかん》の館長のフレデリックさんも、ボアコンストリクターに絞《し》められたら体の骨《ほね》がくだけると言ったのにもかかわらずだ。

「みんな弱虫だな。こんなちっさいヘビをこわがるなんてさ」

チェットはまわりのみんなに聞こえるように言った。

デイビッド・キスラーが両腕《りょううで》を体の前で組んだ。

「それ、ちっさくないよ」

「やっぱりこわいんだろ、キスラー。おまえ、十歩走るだけでぶったおれるもんな」

デイビッドは小柄《こがら》で、ぜんそくがあり、吸入器《きゅうにゅうき》を持ち歩いている。

チェットは胸《むね》をつきだした。

「このヘビはおれには、はむかってこない。どっちがボスかわかってるんだ」

ヘビの重みで腕《うで》が痛《いた》くなってきた。痛くないふりをしていたが、フレデリックさんがヘビを水槽《すいそう》にもどそうと手をのばしたときには、文句《もんく》を言わなかった。そのとき、あのヴァレンシアという女が手をあげた。質問《しつもん》するなんて生意気だ、とチェットは思った。

フレデリックさんが名前を呼《よ》ぶと、ヴァレンシアはこうきいた。

「ヘビは耳が聞こえるんですか？」

クラスの人たちがしのび笑いをした。チェットもだ。

デイビッドがみんなをにらんで、だれにともなく、「静かに」と言った。みんなは静かになった。チェットもだが、それはフレデリックさんがまた口をひらこうとしていたからだった。

小学一年生なみに小さくて、しょっちゅう吸入しているやつが、人を黙《だま》らせるなんて生意気だ、とチェットは思った。

フレデリックさんは「どちらとも言えるかな」とでもいうように、手をシーソーのように動かした。

「今のはとてもいい質問だね。ヘビには耳はないけど、皮膚《ひふ》の振動《しんどう》によって聞こえるんだ。振動が内耳に伝わることで、音が聞こえるんだね。でも、ぼくたちが聞くような音とはちがう。実際《じっさい》にどんな音なのか、科学者たちにもわかっていないんだ」

やっぱり耳について質問したよ。自分の耳が聞こえないもんな、とチェットは思った。でももしかしたら、あのでかい補聴器《ほちょうき》は、めだちたいからつけているだけかもしれない。かくそうともしていないから、きっとそうだ。それに、木曜日の午後は通級指導《しどう》教室に行っていて、あそこはふつうのクラスよりずっとかんたんなことをやっている。ほかの曜日には、先生たちはヴァレンシアの補聴器と連動するようなマイクをつけている。まさに特別待遇《たいぐう》じゃないか。しかも先生たちは、ヴァレンシアが自分から手をあげないかぎり、絶対《ぜったい》にあてたり、前に出て問題を解《と》かせたりしない。そのくせ、チェットのことは追いつめる。「前にすわってなさい」「やめなさい」「人のことは放っておきなさい」「宿題はどうした？」――。あのヴァレンシアという女はただの詐欺師《さぎし》だ。

チェットは、ヴァレンシアがボアコンストリクターを見つめる様子を見ていた。あの女は魔《ま》女《じょ》で、あの補《ほ》聴《ちょう》器《き》を異《い》世《せ》界《かい》の周波数に合わせているのかもしれない。それとも、家でブードゥー教の儀《ぎ》式《しき》をおこなっているのかもしれない。もしかしたら頭の中でほかの人や動物と交信しているのかもしれない。とにかく、まともじゃない感じがする。

クラスのみんなが出ていったあとも、ヴァレンシアは残って、ヘビをじっと見ていた。だれも早く行けとは言わなかった。館長のフレデリックさんでさえ。まるでヴァレンシアが透《とう》明《めい》人間であるかのようだった。

あの女は何をしたってゆるされるんだ。

14
宇宙は知っている

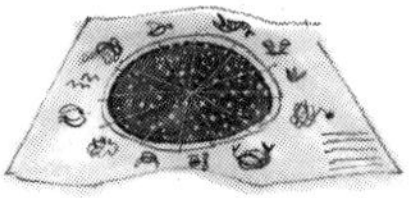

家具のようなつまらないものは、〈精霊《せいれい》の部屋〉をごちゃつかせるから、カオリは部屋にはほとんど何も置いていない。どうしてもと言われてベッドは残してあるけれど、両親を説得して、ドレッサーは車庫へ追いやった。クローゼットの中身があふれそうだけど、その価値《かち》はある。空間が広くなったから、星座《せいざ》図《ず》をさまざまな角度からじっくり見ることができる。まさに今、土曜日の朝八時、ベッドにいた妹をつついて起こしたあと、カオリは星座図を見ていた。考えなくてはいけない大事な仕事がある。星々の運命に干渉《かんしょう》することなく、どうやって、うお座とさそり座を結びつけられるのだろう？　これはとてもむず

かしい問題だった。すでに存在《そんざい》する運命の磁力《じりょく》を利用することと、宇宙《うちゅう》を操作《そうさ》して自分の指図にしたがわせるのとは、まったくべつのことだ。

作戦を立てる必要がある。

「星のならびは、あのふたりの味方をしている」

とカオリは言った。

星座《せいざ》図の前に立って、肩《かた》をはり、両足を広げ、腰《こし》に手をあてている。

「どうしてわかるの？　点と線ばっかりなのに」

とユミがたずねた。

ユミも同じ姿勢《しせい》で星座図の前に立っていたけど、パジャマのズボンが裏返《うらがえ》しで、なわとびのロープがベルトのように腰に巻《ま》きついている。

カオリはため息をついた。

「何万回も説明したでしょ。点が星で、線が星座なの。というか、これは線じゃないの。絵なの。よく見て。これがオリオン。この三つの星が、オリオンのベルト。オリオンは狩《か》りをしているの。わからない？」

ユミは頭を右にかたむけ、それから左にかたむけた。

「線に見えるよ」

「それから、これがアンドロメダとペガサス。わかる？」

カオリは星座図のそれぞれの場所を指さした。

「うん、すぐとなりに名前が書いてあるからわかるよ。それでも、線に見えるけどね」

カオリはまたため息をつき、「彼女《かのじょ》をおゆるしください」と精霊《せいれい》たちに言った。

「どうしてこれで、どうすればいいかがわかるわけ？」

「星はすべてを教えてくれる。運命よ、ユミ。運命は星で決まる。偶然《ぐうぜん》なんてものはないの」

ユミは横目で星座図を見た。

「あたしの運命もそれでわかるの？」

「もちろん。あんたの運命は、わたしがどうすればいいか考えるのを手伝うこと」

「あたし、ヴァージルが岩を何個《こ》か持ってきて、みんなで『アブラカダブラ』って言ったりするのかと思ってた」

「岩じゃなくて、石」

「同じだよ」

「ちょっとちがう」

「どうちがうの？」

カオリは頭をかいた。

「とにかくちがうの。まったく。いいから黙《だま》って考えさせて。わたしたちがどんなにたいへんな問題にとりくんでいるか、わかってないでしょ。このふたつの星座《せいざ》を結びつけないといけないんだから」

「べつに友だちになるって決まってないんじゃない？　名前の最初の文字がいっしょだからって、関係ないよ。あたし、イベット・トムリンソンと名前の最初の文字がいっしょだけど、ぜんぜん好きじゃないもん。あたしのピンクのキラキラえんぴつを三本も折ったのに、あやまらないんだから。しかも消しゴムをかじってとっちゃったの。オエッて感じ」

「あのふたりは友だちになる定めなの。運命よ。わたしにはわかる。こういうことは、宇宙《うちゅう》がどうにかして解決《かいけつ》に導《みちび》いてくれるの」

「どうやって？」

「ふたりが同じときに同じところにいるようにしたり、わたしのような特殊《とくしゅ》な力を使って、ふたりが道を見つける手助けをしたりするの」

「でも、ふたりともずっと同じときに同じところにいたよ。一年間ずっと学校でいっしょだったのに、しゃべらなかったんだよ？」

「それはヴァージルのせいで、宇宙のせいじゃない。ヴァージルは見るからに恥《は》ずかしがり屋でしょ。リュックに齧歯類《げっしるい》の動物を入れて持ち歩くくらいなんだから。齧歯類の動物を」

「齧歯類の動物じゃないよ。モルモットだよ」

「だから、モルモットは齧歯類の動物なの。ハツカネズミやラットやリスと同じで」

「ガリヴァーはかわいいけどな」

「そういう問題じゃないの。とにかく、ヴァージルにとっては、かんたんじゃないってこと。第一に、彼《かれ》はうお座なの」

カオリは星座図から目をそらし、十二星座が描《えが》かれた丸い敷物《しきもの》のふちまで歩いていった。ユミがうしろからついていく。

「うお座のサインをさがして。二ひきの魚が反対方向へ泳いでいく形なの。どうしてだかわかる?」

ユミは首を横にふった。

「うお座《ざ》はいつも心がべつべつの方向に引きさかれているの。どうしたらいいか決められない。自分に自信がない。ものすごく繊細《せんさい》」

ユミはしゃがみこんで、じっくりと二ひきの魚を見た。

「つぎはさそり座を見て」

カオリが言った。

ユミの濃《こ》い色の目が、敷物《しきもの》にあるべつのサインへとうつった。

「げっ。虫だ」

「ちがう!」

カオリはきつい声をあげた。まるでユミが自分たちの両親に呪《のろ》いをかけたとでもいうように。

「まあ、たしかに虫だけど、そのへんの虫なんかとはちがう。サソリなのよ。どういうことかわかる?」

「しっぽが生えてるってこと?」

カオリは精霊《せいれい》たちにふたたびあやまった。

「ちがう。彼女《かのじょ》は頭が切れるし、ひとりでいろんなことができるの。積極的で、自信もある。ちょっとかっとなりやすいかもしれない。友だちがいっぱいいて、みんなが彼女に注目してほしいと思ってる。かわいそうなヴァージルが齧歯類《げっしるい》の動物としゃべっているときにね。基本的《きほんてき》には、ふたりは正反対なの。きっと共通点は何もない。ひとつも」

ユミはそのことについて考えた。それから姉を見あげて言った。

「もしかしたら彼女も齧歯類の動物が好きかもよ?」

カオリは三度目のため息をついた。

「ばかげたことを言わないで」

15

ヴァレンシア

リスは大好きな動物。今日はリスに注目しながら、森を歩くことにしよう。リスを観察して、セイクリッドにごはんをあげる。セイクリッドっていうのは、わたしのペットの犬。

ううん、本当はちがう。でも、わたしが飼《か》っているようなもの。だれよりも世話をしてあげているのは、たしかだから。両親があんなに犬に反対じゃなかったら、飼えたのに。ふたりともべつに反対してないって言うくせに、セイクリッドを家につれてきちゃだめだ、ペットを飼うには大きな責任《せきにん》がともなうし、自分たちは世話をしたくないからって言う。ふたりとも大事な点を見落としていて、セイクリッドはわたしのペットになるんだから、わたしがめんどうを見るんだって言いかえしたのに、聞いてくれなかった。ふたりとも、わたしには犬の世話をするだけの責任感がないと思っているみたいだけど、どうしてわかるわけ？飼ったこともないのに。たんに、家の中に犬がいるのがいやなんじゃないかな。そうならそうと言えばよくて、わたしにきっと責任感がないからというせいにしないでほしい。親って理解《りかい》できないってときどき思う。ぜんぜん。

わたしには犬にごはんをあげたり散歩させたりできないって、親が思いこんでるせいで、セイクリッドは森の中で自力で生きないといけなくなっている。わたしはよく世話をしている。動物観察に出かけるたびに、ボウルに食べ物を入れていくから、セイクリッドはかならず来てくれる。あんなにかわいい犬はいない。ぱっと見ただけだとわからないけど……最初はね。大きいし、ちょっとよごれているから、こわそうに見える。そりゃそうだよね。森の中で機転をきかせて生きのびるには、年がら年じゅうしっぽをふってるわけにいかないから。でも、わたしは顔を見ただけで、セイクリッドがやさしい犬だってわかった。いじわるな性格《せいかく》はかならず顔にあらわれるって、前にも言ったと思う。それは、犬も同じ。目がある動物はみんな同じ。ほとんどはね。

セイクリッドは真っ黒な犬。どういうわけか、みんなはほかの色の犬より黒い犬をこわがる。考えてみたら、ネコもそう。どうしてだかわからない。犬やネコは自分で毛の色を決められないんだから、黒くても茶色くてもいっしょじゃない？　同じ毛なんだから。人間ってときどきへんだと思う。ほんとに。

森には十時半ごろに行くことにした。それなら時間がたっぷりあるから、リスの活動を日記に記録して、セイクリッドにごはんをあげて、あわてずにカオリの家に行ける。でもその前にキッチンからボウルをくすねてこなきゃ。家にはたまに発泡《はっぽう》スチロールやプラスチックの容器《ようき》があるけど、ないことが多いから、本物のキッチンボウルや食器をこっそり持ち出すしかない。ばれないように、あんまり使わないのを選んでいるけど、最近ママが戸棚《とだな》をさがしまわっているから、気づいたのかもしれない。ママがこう考えているのがわかる。わたしのボウルたちはどうしたの？　って。

じつを言うと、森にいるセイクリッドに食べ物を持っていくたびに、ボウルを持ちかえって洗《あら》って戸棚にもどそうと思っている。それなら、ばれないよね？　でもときどき（というか、ほとんど毎回）、セイクリッドが秘密《ひみつ》の場所にボウルを持っていっちゃうから、二度ともどってこない。もっといい方法を考えないといけないのに、つい忘《わす》れて、つぎにセイクリッドにごはんをあげにいくときになって思い出す。今みたいに。

頭の中にメモをした。〈もっと工夫のあるごはんのあげかたを考えること〉

犬用の給餌器《きゅうじき》をつくって、木に釘《くぎ》で打ちつけたらいいかな。

でも今はそんな時間はない。

両親が居間《いま》で土曜の朝のニュースを見はじめるのを待ってから（ちなみにこのニュースはすごくつまらなくて字幕《じまく》もサイアク）、大急ぎでボウルをひとつとった。そこにコーンフレークとハム五枚《まい》、スライスチーズ一枚、ミニニンジンをひとつかみつめこむ。おいしくなさそうだよね。実際《じっさい》に見た感じも、おいしくなさそう。でも、セイクリッドはえり好みしない。

おなかがすいているときは、おなかがすいているってこと。

残念ながら、そうかんたんには家からぬけだせなかった。ドアを出ようとしたとき、ママがわたしのシャツをつかんだ。

「それ持って、どこ行くの？」

「外で朝ごはんを食べるの」

ママはボウルの中身を見て、片方《かたほう》の眉《まゆ》をつりあげた。

「朝ごはんに、それを食べるの？」

「あ……そうだけど？」

わかってる。あんまり説得力がない。でもこれから森に行って野良犬《のらいぬ》にごはんをあげるなんて言ったら、ママは大さわぎする。いつだって、どうでもいいようなことで大さわぎするんだから。

「そのあと、探険《たんけん》に出かける」

わたしは横をむいて、肩《かた》にかけた小さなバッグを見せた。中には日記帳（つまりわたしの動物観察日記）とお気に入りのデッサンえんぴつが入っている。

ママはバッグをじっと見る。わたしはママをじっと見る。

今日のママは、きげんがいいママ？　それとも、やっかいなママ？

「気をつけなさい。日が高いうちに帰ってくるのよ。それからあんまり遠くまで行かないで」

「わかった」

「大好きよ。携帯《けいたい》電話の電源《でんげん》を入れておきなさいね」

ママの「大好きよ」には、かならず注意書きがつく。「大好きよ、四時までに帰ってきなさい」「大好きよ、メッセージに返信しなさい」「大好きよ、気をつけなさい」……。

パパにも同じことをするのかな。

「大好きだよ、ママ。そうする」

そう言って、わたしはドアから出た。

考えてみたら、わたしも注意書きをつけてる。

16

下へ、下へ、下へ

この世のあらゆるおやつ——セロリ・スティックや、ミニニンジンや、オレンジの薄切《うすぎ》り——のなかで、ガリヴァーがいちばん好きなのはタンポポだ。ものの五秒でまるごと一本たいらげて、つぎをさがしまわる。ガリヴァーにとって、タンポポはめったにありつけないごちそうだ。人間にとっては、ふゆかいな雑草《ざっそう》だから、生えてきてほしくない。なのに、どんどん生える。ヴァージルの近所はタンポポだらけだ。歩道のひびわれから芽を出し、さびたフェンスの柱によりかかり、手入れされた芝生《しばふ》にしのびこむ。ヴァージルは習慣《しゅうかん》のようにタンポポを引っこぬいていた。まるで宝石《ほうせき》をもとめる探険家《たんけんか》のように。森に

たどりついたころには、左のポケットがいっぱいだった。右のポケットにもつめてもよかったが、それは石のためにとってある。

森の中をひとりで探険してはいけないと言われていた。木々はうっそうとしているところと、まばらなところがある。花はそここにかたまって咲《さ》いている。こっちにはアイリスの花畑、あっちにはタンポポの群落《ぐんらく》。ロラは森にはヘビがうようよいると信じていたが、ヴァージルはここで五つの石がかならず見つかると思っていた。しかもただの石ではなく、このあたりで最高の石が。

たちどころに、ふたつ見つかった。森に入って数メートルも行かないうちに。さらに奥《おく》へ進むと、住宅街《じゅうたくがい》の物音が消え、石がもうひとつ見つかった。いともかんたんに。ヴァージルは地面に集中して下を見ていたため、うしろでガサガサとおそろしげな音がしているのに気づかなかった。けれど、ザザッという足音が聞こえると、さっとふりかえり――心臓《しんぞう》をドキドキさせて――ひっそり静かに立ち止まった。ヴァージルが知っていることといえば、ただひとつ、森の獣《けもの》に出会ったときにはじっとしているということだった。そうしなければ、その獣のごちそうにされてしまうかもしれない。

ヴァージルには何も見えなかった。でも、たしかに何かが聞こえた。風の吹《ふ》く音や、小枝《こえだ》の落ちる音ではない。だれか——それとも何か——が近くで動いている。

「ハロー？」

ヴァージルはそっと、かすれたような声をあげた。

何かが聞こえた気がする。うなり声？　鼻息？　ふいにヴァージルの頭にうかんだのは、木々のむこう側にサイがいて、前足のひづめで地面をかき、頭を下げ、角《つの》をまっすぐにして、つきすすんでこようとする情景《じょうけい》だった。自分が空中につきあげられ、巨大《きょだい》な動物のぶあつい灰色《はいいろ》の皮膚《ひふ》にぶつかってから、ふみつぶされるところを想像《そうぞう》した。それから、ロラが語ってくれた怪談《かいだん》を急に思い出した。むかしむかし、自分の秘密《ひみつ》をすべて木々にうちあけた男がいて、男が死ぬと、木々はとおりかかるだれにでも、その秘密をささやいたという。もしかしたらあの音はサイではなく、死人《しびと》の秘密を伝えようとする、いにしえの木々だったのかもしれない。

ヴァージルは携帯《けいたい》電話をのぞきこんだ。十時十五分だ。つぎに見かけた石をぱっとふたつひろって、カオリの家へ急いだほうがいいかもしれない。早くついても、カオリは気にしないだろう。

けれど、ガサガサという音は遠ざかって聞こえなくなり、森はふたたび静かになった。ヴァージルはほっと息を吐《は》き出《だ》した。心臓《しんぞう》のドキドキがおさまった。足もとを見ると、四つめの石が見つかったので、ポケットにしまった。いちばんいい石がひろえただろうか、とヴァージルは考えた。あまりにも考えに没頭《ぼっとう》していたから、べつのガサガサという音が、今度はうしろから聞こえてきたのに気づかなかった。

「おい、ウスノロ」

ヴァージルはびくっとして、ふりむいた。

チェット・ブルンズの肉づきのいい顔は、明るい赤い色をしていて、今にもはちきれそうに見えた。

「こんなとこで、ひとりぼっちで何してんだよ？　母ちゃんとはぐれたのか？」

ヴァージルは、ブルもこんなところでひとりぼっちだと気づいたが、指摘《してき》するつもりはなかった。だから、黙《だま》っていた。ポケットの片方《かたほう》に石をつめ、もう片方にタンポポをつめ、じっと立っていて、バカみたいな気がした。まるでだれかに、ひとつの物語からつまみあげられて、べつの物語に放りこまれたみたいだった。慣《な》れない森に、慣れない場面に——ブルとふたりきりで。そのブルは、枕《まくら》カバーを持っていた。枕カバーでどうするつもりだろう、とヴァージルは考えた。ものの三秒の間に、おそろしい筋書《すじが》きがいくつか思いうかんだ。枕カバーでヴァージルの首をしめるブル。枕カバーで動物の死骸《しがい》を運ぶブル。枕カバーで動物をつかまえ、首をしめて、死骸を運ぶブル。

しかもチェット・ブルンズは枕カバーを持っているだけではなかった。NBA《エヌビーエー》（全米プロバスケットボール協会）のチーム、シカゴ・ブルズの真っ赤なT《ティー》シャツを着ていた。

〈赤い色に気をつけろ〉

急にサイがそれほどおそろしく感じられなくなった。

「おい、どうした？」

ブルが言った。

「あ、そっか、忘《わす》れてた。おまえ、しゃべりかたがわかんないんだろ。ウスノロだからな。しょっちゅうあのウスノロ・クラスに行ってんの、知ってるよ。だいたいさ、あのクラス、何やってんだよ？　みんなでおもらししてるんだろうな、どうせ」

暗闇《くらやみ》をおそれ、リュックにモルモットを入れ、ポケットにタンポポと石をつめこんでいるほかにも、ヴァージルには秘密《ひみつ》があった。それは、体重が三十五キロもなく、身長も百五十センチ以上あるふりをしているが、じつは百四十九センチしかないということだ。

ヴァージルはブルの体重や身長を知らなかったが、すくなくとも三十五キロより重いことはわかる。

「おまえ、本当にバカなんだな」

ブルの視線《しせん》がヴァージルのリュックへうつった。

ブルが一歩前にふみだすと、ヴァージルは一歩うしろにさがった。それがブルにはおかしかったようで、すぐさまゲラゲラ笑いだし、ヴァージルの背中《せなか》からリュックをもぎとった。あまりのいきおいに、ヴァージルはくるんとまわり――本当に回転した――地面にドシンとたおれ、両手から肩《かた》へビリビリとしびれが走った。ブルは弾丸《だんがん》のように走りだした。ヴァージルは立ちあがると、追いかけてさけんだ。

「やめて！　やめて！　やめて！」

むせないで出せるかぎりの大声で。

「ガリヴァー！　ガリヴァー！」

と声をあげる。それとも、頭の中で言っただけだろうか。自分でもよくわからない。

ブルは木々の間に走りこみ、もう笑ってはいなかった。ヴァージルのリュックを持って、ただ走っている。何万ものおそろしい情景《じょうけい》がヴァージルの頭の中をかけめぐり——ブルがガリヴァーをふたつに引きさく。洞穴《ほらあな》のライオンたちに食わせる。つかみあげて木立に放りこむ——そのせいで、ついにブルが立ち止まってこっちをむいたときも、気分は悪いままだった。ブルのほっぺたは真っ赤で、首すじと髪《かみ》の生えぎわはぬれて光っていた。

ヴァージルは、ブルがリュックをひらいてガリヴァーを見つけ、抹殺《まっさつ》するのを待っていた。ところがブルは大きく一歩さがると、不吉《ふきつ》な笑みをうかべ、切《き》り株《かぶ》のような円筒形《えんとうけい》につんである石のほうをむいた。それはヴァージルが今まで見たことがないものだった。

古い井戸《いど》だ。

ブルは力づくで井戸のふたを二回おして横にずらし、そこにあいた穴の上でリュックをぶらぶらさせた。

「荷物にバイバイって言いな、ウスノロ」

ブルが手を離《はな》すと、リュックはぽっかりと口をあけた井戸の暗闇《くらやみ》に落ちた。あまりにも深いので底についた音も聞こえなかった。

「本は買いなおさないとな、ヘンタイちゃん」

ブルがにやりと笑う。

「どうせいらないんだろうけどさ。字なんか読めないいだろ」

ブルはジーンズの前で両手をふいた。ものすごくきたないことをしたかのように――実際《じっさい》、きたないことをしたのだ。それからブルは背中《せなか》をむけて歩き去り、木立のむこうへ消えていった。ヴァージルはひとり、とりのこされた。

17

地下におりる

フィリピンには七千以上もの島がある。なかには人の住んでいない島もある。また、かつては住んでいたが、今は住んでいない島もある。たとえば海抜《かいばつ》の低いバラタマ島。その島のことを、ヴァージルはロラから聞いていた。

ロラによると、バラタマ島は南にあり、かつては栄《さか》えていた。あまりにも栄えていたため、人々は山の生き物たちのものだった土地をどんどん、どんどんうばった。あるとき、人々は〈パア〉という名前のりっぱな鳥のものだった木立を切《き》りたおした。

〈パア〉はつばさを広げるとゾウほども大きく、かぎづめはナイフのようにするどかった。

木々を切り倒された〈パア〉は怒《いか》りにかられ、ぐんぐん、ぐんぐん大きくなった。つばさを広げた姿《すがた》はとてつもなく大きく黒々として、太陽の光をおおいかくした。暗闇《くらやみ》のために村の人々の目が見えなくなると、〈パア〉は喜んだ。村人が道にまよってぐるぐるさまよっていると、〈パア〉はさっと飛びおりてきて、つかみあげて食べてしまうのだった。

〈パア〉は暗闇をあやつり、武器《ぶき》として使った。暗闇が人間をまどわせ、さまよわせ、弱らせることを知っていた。暗闇によって、人間はかんたんに餌食《えじき》になった。見えない敵《てき》と戦える者などいなかったからだ。村人たちは、自分が危険《きけん》な目にあっていると気づきもしないうちに、〈パア〉のかぎづめで真っぷたつに引きさかれているのだった。

ヴァージルがはじめて〈パア〉の物語を聞いたのは八歳《さい》のときだ。今、井戸《いど》のふちから身を乗りだしながら、〈パア〉のかぎづめが今にも飛びだしてくるように感じていた。地面の上は明るく晴れた昼間だったが、ガリヴァーを包む井戸の底は、暗い暗い場所だ。そして暗闇は、空にあろうとなかろうと、暗闇に変わりなかった。

ヴァージルの心臓《しんぞう》の鼓動《こどう》が耳にこだました。のどの奥《おく》にかたまりができて、上へ上へとせりあがり、目の中へおし入ってきた。目に涙《なみだ》がたまる。

「ガリヴァー？」

ヴァージルは呼《よ》んだ。

真っ黒な暗闇《くらやみ》が口をあけて見つめかえしてくる。おなかをすかせた獣《けもの》ののどのように。かびと湿気《しっけ》と死のにおいがした。でも、この下にガリヴァーがいる。ガリヴァーを放っておくことなどできない――一秒たりとも。

それでも、希望はあった。

そこに、はしごがある。

ほかにどうすることができるだろうか。

ヴァージルはポケットから石を出して、井戸《いど》のふちにていねいにならべた。

そして、下へと、おりていった。

すんなりとは、いかなかった。一段《だん》ごとに足がためらい、それでも、ふるえながら、行くべき場所にたどりつく。一歩おりるたび、ヴァージルははしごをますます強くにぎりしめ、やがて指の関節《かんせつ》が痛《いた》くなった。下へ、下へ、下へ。井戸の底には水がたまっているだろうか。ガリヴァーはおぼれかかって、息をしようともがいているだろうか。井戸はあまりに深くて暗く、はしごを六段もおりたのに何も見えない。一瞬《いっしゅん》、おりてきたのはむだだったのではないか、と思った。本当はブルはガリヴァーを井戸に放りこんでいなくて、すべては思いこみだったのではないか、と。

するとあ、永遠《えいえん》の時間が過《す》ぎたかと思われたとき、ついに見えた。水にうかんでいるのではなく、井戸の底に横たわっていて、ファスナーがほんの二センチほど、ちょうどガリヴァーに息ができるくらいに、ひらいたままだった。ヴァージルの肺《はい》には暗闇がすでに入りこんで呼吸《こきゅう》をじゃましていた。ガリヴァーが息をしているのをたしかめるまでは、ヴァージルも息ができない。ヴァージルはガリヴァーの声が聞こえないかと耳をすました。グルルルでも、キイッでも、なんでもいい。けれど、聞こえたのは自分の心臓《しんぞう》の鼓動《こどう》だけだった。

井戸の底までまだ距離《きょり》があるところで、ヴァージルは足をおろし、はしごの段がもうないことに気づいた。さびた手すりをにぎりしめ、首をのばして下をのぞきこむ。そっと、そっと、バランスをくずさないように。すると、もうここがはしごのいちばん下なのだとわかった。あと二段はほしかった。最低でも。リュックには――とうてい――手が届《とど》かないし、地面につくほど足が長くもない。

リュックは見えるｏ中で動きがあるかどうかはわからないが、このままあきらめて、はしごをのぼっていくことなどできない。ガリヴァーなしでは。ガリヴァーを置き去りにすると思っただけで、つらくなった。自分が飛びおりなくてはいけないと気づいたことよりも、はるかに。ヴァージルははしごに身をよせ、だきつくように、鉄の段《だん》に胸《むね》をおしあてた。飛びおりると考えただけで、死にむかって落ちていくようだった。すると今度は、自分の呼吸《こきゅう》が聞こえた。静けさをやぶり、いきおいよく短く吐《は》き出《だ》され、まるでしゃっくりのようだ。たちどころに、汗《あせ》がふきだしてきた。体の中の蛇口《じゃぐち》がひらき、すべてを湿《しめ》らせる。ひじのくぼみ、手のひら、きれいな形をした一本一本の指の間、首すじ、おでこをふちどる髪《かみ》の毛穴《けあな》のひとつひとつ、サイズ二十三の足の裏《うら》、左右の肩甲骨《けんこうこつ》の間。どこもかしこも。

飛びおりるときに、こんなふうに体が準備《じゅんび》をするのだとしたら、あんまり役に立たないな、とヴァージルは思った。

右足をおろし、スニーカーの足先を壁《かべ》におしつけ、右手ではしごのひとつ下の段をつかんだ。しばらくそのまま、つぎはどうしようかと考えた。体の半分はおりていて、もう半分はのぼっているかのようなかっこうで。左手をおろしたのは、両足が痛《いた》くなってからだった。そして、どうしようもなくなってきてから、やっと左足を動かした。その結果、はしごの下から三番めの段に、うんていのように、両手でぶらさがることになった。ヴァージルはうんていを最後までわたりきれたためしがない。

さらに一段下がり、足先をのばして、地面をさぐった。

届《とど》かない。

さらに一段下がった。もう一度。

ヴァージルははしごからぶらさがっていて、もう下に段はない。手を離《はな》すしかないが、できなかった。頭の中をいくつものイメージがかけめぐった。骨折《こっせつ》した腕《うで》をおさえ、痛みに泣きさけぶ自分。ねじれた足首からつきだす骨《ほね》。頭をケガして動けないまま骸骨《がいこつ》となって消える自分。井戸《いど》のごつごつした壁《かべ》に激突《げきとつ》し、眉毛《まゆげ》の上に切《き》り傷《きず》を負って血まみれの自分。

井戸の底までの距離《きょり》を考えると、どれもありえる筋書《すじが》きだった。でも、ガリヴァーがいる。

「ガリヴァー」

ヴァージルは呼《よ》んだ。声にこだまがかかるかと思ったが、かからなかった。

上を見た。頭上で、井戸の口が完全な円を描《えが》いている。そこには日の光があった。空気も。

木々も小鳥たちもロラも。井戸《いど》の中は、古いくつしたのにおいがする。外の世界は、木々や草のにおいがする。上を見る――光を。下を見る――ガリヴァーを。

ヴァージルは手を離《はな》した。

井戸に飛びおりた少年には、おそろしいことがいろいろおこりうる。頭が割《わ》れたり、腕《うで》が折れたり、足首がねじれたり、骨《ほね》が皮膚《ひふ》からつきだしたり。あるいは、携帯《けいたい》電話がポケットから落ちて、何万もの破片《はへん》にくだけ散ったり。

ヴァージルの携帯電話とヴァージルの足とはそれぞれ半秒の差で着地した。スニーカーの底ごしに地面にふれ、じんとしびれるような衝突《しょうとつ》の痛《いた》みを感じたとたん、ヴァージルはふたつのことに気がついた。自分が無事に着地できたことと、携帯電話は無事ではなかったことだ。

でも、まず何よりも先にリュックをつかんで、急いでファスナーをあけた。

手をさしいれてガリヴァーにふれると、「キュイッ」と元気な声が聞こえた。ガリヴァーは何も気づいていなかった――タンポポをほしがっているだけだったので、一本あげた。

「だいじょうぶだよ」

と言いきかせる。もちろんガリヴァーにはわかっていた。

ヴァージルの心臓《しんぞう》の鼓動《こどう》は一定のリズムをきざみながら、ずっと耳にひびいていたが、ようやくおさまった。ヴァージルはリュックを壁《かべ》に立てかけ、携帯電話に手をのばした。

こわれて三つに分かれている――画面とバッテリーとそれ以外のすべてに。もとどおりに組み立てることにした。あきらめる前に、できることをするんだよ、とロラはいつも言う。

「王さまの馬も家来もみんなでがんばった……」

そう言いながら、ヴァージルはバッテリーをはめた。うまくおさまったものの、画面のほうはもうだめだとわかった。すみに入ったひびが、クモの巣のように広がっている。

「……だけど、ハンプティ・ダンプティをもとにもどせなかった」

電源《でんげん》を入れようとしたが、入らない。もう一度試しても、だめだった。ふってみた。分解《ぶんかい》してまた組み立て直した。親指が痛くなるまで、電源ボタンをおしつづけた。だめだ。

しかたなく、そのまま携帯電話をポケットにしまった。そして頭をうしろにかたむけて、上のほうへ目をむけた。上へ、上へ、上へ。光は見えるが、はるかかなたにあり、さわることのできない雲のようだった。

はしごの真下に立った。いちばん下の段《だん》に手をのばしたが、指先はまったく届《とど》かない。つま先で立ち、痛《いた》くなるほど背《せ》のびをしても、まだ届かない。ひざを曲げて全力でとびあがり、腕《うで》をうんとのばしても、どうにもならない。

ジョゼリートやジュリアスだったら、問題なくはしごに届いただろうな、とヴァージルは思った。だけど、ジョゼリートやジュリアスだったら、そもそもこんなところにいない。

ヴァージルはもう一度とんだ。

光を見あげた。

「ハロー？」

最初はためらいがちに呼《よ》んでみた。

「ハロー？」

それから、もっと大きな声で。

「ハロー？　ハロー？　ハロー？」

そんなことをしてもむだだとわかっていた。こんな森に、人なんか来ない。もしだれかがいたとしても、ヴァージルの声など聞こえないだろう。

18

動物

デイビーズのヘビの皮の話はうそだったと、チェットは今では確信《かくしん》していた。この森にヘビの形跡《けいせき》はまるで見あたらない。もっとも、ヘビが皮のほかにどんな形跡を残すのか、よくわかっていないのだが。ともかく、何も見つからなかった。わざわざ木から枝《えだ》を折りとって、あたりをつつきまわしたにもかかわらずだ。その枝で、落ちた小枝のかたまりや小さな葉っぱのまとまりをおしのけ、下にヘビがかくれて、牙《きば》をかまえていないかたしかめた。こわいとも思わなかった。なぜなら、チェットは弱虫ではないからだ。

森の中で聞こえる音は、どれもわりとふつうだった。つまらない鳥がときどきさえずる声、近所の道を走る車のかすかな音、自分のスニーカーが地面にあたる音。だが、トネリコの木の根もとをくわしく調べるため、枝《えだ》で地面をせっせとつついていたとき、チェットはべつの音を聞いた。木々の間をだれかがこっそりと進むような音。人間か、動物か。

ハイイログマと鉢合《はちあ》わせするかと一瞬《いっしゅん》あせってから、ばかばかしい、と思い直した。おれは弱虫じゃない、と自分に言い聞かせた。それでも心臓《しんぞう》はドキドキしている。

何も見えなかったので、背《せ》すじをのばし、あたりをしっかり見まわした。耳をそばだてた。また聞こえる。こんどはべつの方角からだ。動いている物音がする。チェットも動いた。すばやく。あまりにすばやかったので、大きな音を立ててしまった。

しーっ、と自分に言い聞かせる。

枝をかかげ、武器《ぶき》に使えるようにする。

「だれだ?」

チェットは言った。だが、ささやくような小さな声だったから、だれにも聞こえなかっただろう。

ふいに、気づいた。あれはきっとリュックを背負《せお》ってたあのウスノロ少年だ。やせっぽちで、ぜんぜんしゃべらないやつ。中国人だったっけ。きっと家に帰るところを見られたくないんだろう。たしかに、それならよくわかる。言うまでもなく、あんなやつがこのチェット・ブルンズにかなうわけがない。

チェットに自信がもどってきた。それは体じゅうに満ちあふれ、肩《かた》をほぐし、胸《むね》をつきださせた。

「おい、ウスノロ。おまえかよ？　こそこそして、本屋にでも行くつもりか？」

チェットは今日いちばんおもしろいジョークを言ったかのように笑った。お笑い芸人になれるんじゃないか、とチェットはよく思う。おもしろいことをこんなに言えるんだから。

チェットは待った。視線《しせん》をゆっくりと木から木へうつす。自分をおそれるあまり、よけていく人がいるかと思うと、まるで将軍《しょうぐん》か戦士になった気分だ。ときどき、夜ベッドで寝《ね》るとき、そんな自分を想像《そうぞう》することもある。自分が中世の偉大《いだい》な騎士《きし》で、強い馬にまたがり、鎧《よろい》を身につけ、するどくとがった剣《つるぎ》を人々にむけている。

「水を持ってこい、農民！」

と、想像上のチェットは命令する。だが、ここには農民はいないから「ウスノロ」といった名前を使うしかない。それでもじゅうぶん効《き》きめはあった。

「逃《に》げたって、かくれられないぞ！」

チェットはさけんだ。どこかで聞いたようなせりふだったが、ぱっと思いうかんだのはそれだけだった。

またガサガサという音が聞こえた。だが、少年の姿《すがた》はない。

べつの方向を見たとき、何かが聞こえた気がした。今度は反対側からだ。チェットはぐるっと一回転した。そして、女の子を見た。

ヴァレンシア・サマセット。

チェットは持っていた枝《えだ》を放りだし、木のそばによった。あいつをスパイするためだと自分に言い聞かせたが、実際《じっさい》にはかくれたのだ。スーパーセーバーでにらまれたときの、あの目つきにはぞっとした。

そして今、あの女はこの森の中にいて、手に何かを持っている。ボウルだ。

気づかれてはいない。それはたしかだ。あの女はべつのことに気をとられている。目を細くして集中している。まるで葉っぱを一枚《まい》ずつばらしているかのように。そしてゆっくり、しずしずと、だれのこともじゃましたくないような感じで歩いている。ずっと両手でボウルを持ったまま。

まちがいなく、動物をさがしているんだ。

それとも、動物じゃないのかもしれない。べつの生き物。

チェットは見つからないように木のうしろへまわった。

あいつがここで、いけにえの儀式《ぎしき》みたいなことをはじめたら？

チェットはあの燃《も》えるような怒《いか》りの目つきを思い出した。あの女の頭の中はどこかおかしい。耳だけの問題じゃない。

女の子はしゃがみ、木々の間に目をこらし、それから立ちあがってさらに目をこらした。あのボウルの中身はなんだろう。

もしかして、人間の指？　それとも、ニワトリの足が一ダース？　ひょっとしたら、ウサギの耳を切りとって、森でこっそり暮《く》らすビッグフット（北米にいるとされる猿人）のような生き物にあたえるつもりかもしれない。

あの女は邪悪《じゃあく》だ。まちがいない。耳が聞こえない女というのは、何かがへんだ。

それとも、耳が聞こえないというのは、うそなんだろうか。

チェットは勇気をふるいおこし、動物に聞こえなくもない音を立てた。クックッと舌《した》を鳴らした。ホーホーとフクロウのように鳴いた。最初は静かに、それからもっと大きく。ヴァレンシアは反応《はんのう》しなかった。さらに大きくホーホーと鳴いてみたが、女の子はゆうゆうと、ボウルを手に歩きつづけた。

もっともそうな説明がいくつか、チェットの頭にうかんだ。もしかしたらあの女は野良《のら》ネコの世話をしにきたのだ。ただ、チェットはこの森でネコになんか一ぴきも出会っていない。見かけるのはリスばかりだ。だれがリスにえさをやるために、ボウルを持ってくるだろうか。やっぱり、あの女は悪いことをたくらんでいる。

19

ヴァレンシア

森の中で、わたしはただ歩いているだけじゃない。森を感じている。葉っぱが風にそよぐと、肌《はだ》がくすぐったい。落ちている枝《えだ》をふむと、パキンパキンという感触《かんしょく》が足をつたってくる。セイクリッドの姿《すがた》は見えないけれど、いるのはわかっているし、そんなに遠くもない。どこにいるの？　左のほう？　それとも右？　ボウルをふると、シリアルのはずむ音が、聞こえはしないけど、感じられる。これで、セイクリッドは隠《かく》れ家《が》から出てくるはず。

「セイクリッド？　セイクリッド？」

呼《よ》んでみる。

セイクリッドの名前を表す手話のサインも

つくるといいのかも。犬も手話を覚えられる。かんたんに。人間よりも覚えが早いんじゃなかったかな。どこかで読んだ気がする。

わたしは前から手話を覚えようとしている。どこかで読んだんだけど、耳が聞こえないアメリカ人のなかには、ふたつの言語——英語とアメリカ手話——がわかる人もいるみたいで、わたしもそうなりたい。でも、先生がいないときびしい。オンラインで独学《どくがく》で覚えようとしたけど、「お元気ですか?」と「お名前を教えてください」以外のまともな文章をつくるのはむずかしかった。一度、両親に手話の講習《こうしゅう》に通わせてほしいとたのんだけど、補聴器《ほちょうき》があるから必要ないと言われてしまった。でも、補聴器だけでは人の話はわからない。話している相手の顔を見て、音とくちびるの動きを合わせないといけないから。パズルのふたつのピースを合わせるように。こっちを見てゆっくりしゃべってってって言うと、「ああ、わかってる」ってみんないつも言うけど、それでも忘《わす》れちゃう。うちの両親でさえ。わざとじゃないけれど、忘れちゃう。忘れちゃわないのは、わたしだけ。パズルを解《と》いているのは、わたしだけだから。

もう一度セイクリッドを呼《よ》んで、待った。

しばらく時間がかかったけど、ようやく木々のむこうからセイクリッドが出てきた。いつものように、わたしに会えてうれしそう。足を速めて、馬のように小走りしてくる。黒いしっぽが左右にゆれる。ボウルを地面に置くと、セイクリッドはわたしの手に鼻をおしつけてから、がつがつ食べはじめた。鼻は冷たかった。

ボウルが空っぽになるまで、そんなに時間はかからなかった。セイクリッドが食べ終わると、わたしはしゃがんで、耳のうしろをかいてあげた。指先で毛をなでていく。ごわごわして、湿《しめ》っていて、まるでぬれた草の中で転げまわっていたみたい。本当にそうしていたのかも。見ていないときに何をしているかなんて、わからない。

ひとつだけたしかなのは、わたしは犬には絶対《ぜったい》になれないってこと。犬はなんでも食べる。わたしにはむり。

食べ物にはこだわりがある。きらいなのは、アボカド、桃《もも》、サヤインゲンやグリンピース。トウモロコシは好きだけど、ほかのものと混《ま》じってなくて、塩がふってあって、バターにからまっているのだけ。ハンバーガーも好きだけど、チーズバーガーはだめ。ピザは好きだけど、チーズとトマトソースのプレーンピザだけ。クレメンタインは好きだけど、オレンジはだめ。そのふたつは似《に》ているけど、ちがう。クレメンタインのほうがずっとあまい。オレンジはただのオレンジの味。

「いい子だね」

わたしは話しかけた。

セイクリッドは食べ終わっても、わたしを置いてどこかに行ったりしない。友だちでいてくれるのは、ごはんをあげているからこそかもしれないけど、それだけで好かれてるわけじゃない。だって、食べ終わってからも、だいたいそばにいてくれるから。助手のようについてきてくれる。わたしが歩くと、歩く。すわると、すわる。そしてわたしが帰る時間になると、なぜかいつもわかって、木立の中へもどっていく。また草の中で転げまわるのか、とにかくひとりですることをするために。

そんなわけで、今日もいっしょに森の中の空き地を歩きながら、わたしは自分の話をした。

「学校が夏休みになったの。最後の日はみんな、全速力って感じで校舎《こうしゃ》を出ていったよ。わたしももっとワクワクすればいいんだけど、そんな気分じゃない。べつに学校が好きとは言わないけど――まああって感じ――でも、すくなくともすることがあるからね。ただ、休みになってよかったのは、ここにしょっちゅう来て、セイクリッドに会えるようになったこと。本当はうちにつれてかえれたらいいのにな。うちじゃなくても、いいうちだったらどこでも。でも、こうやって会えるのも、いいことだよね」

二本の木の間に倒《たお》れている丸太のところまで来た。ここにすわるのが、わたしのお気に入りだから、ついたとたんにそうした。わたしが丸太にすわり、セイクリッドが足もとにすわる。

「うちに、教会のパンフレットを持った人たちが来たんだ」

話をつづける。

「それからあとで、カオリ・タナカっていう占《うらな》い師《し》に会いにいくの」

最近のできごとをセイクリッドに全部伝えると、バッグから動物観察日記と、それからえんぴつをとりだした。ここに来たのは、リスを記録するため。今日はリスを中心に観察する。わたしはジェーン・グドールになったふりをするのが好き。ただし、チンパンジーじゃなくて、リスを調べるんだけどね。この森にチンパンジーがいたらすてきだけど、そんな見こみはなさそう。というか、アメリカに動物園以外でチンパンジーがいるのかどうかも知らない。あとで調べなきゃ。日記帳に書きこんだ。〈チンパンジーの生息地は？〉その横に星印をつける。何かに星印をつけるのは、「あとで調べる」っていう意味。そうやってシステム化している。野生生物の研究をするなら、きちんと整理もできないといけない。そうしないと、せっかくの記録がごちゃごちゃになっちゃうから。

認《みと》めるのはいやだけど、最初に動物観察日記をつけはじめたのは、ロバータのおかげ。ロバータはむかしは親友だった。あの『耳が聞こえなかった歴史上の有名人』っていう本をくれるずっと前までは。そもそもあのお誕生日会《たんじょうびかい》に来てくれたのも、お母さんに言われたからだ。わたしにはわかってた。ほかの女の子たちも、ほとんどそうだった。

でも、その前までは、ロバータは大親友だった。いらいらさせられることも多かったけど。そのころは、ロバータも森を探険《たんけん》するのが好きだった。今はちがう。今はマスカラやリップグロスをつけて、肩《かた》が出るタイプのワンピースを着ている。でも、むかしは冒険家《ぼうけんか》ごっこが好きだった。

ロバータがただひとつこわがっていたのが、ヘビ。ロバータのお父さんが一度、森にはヘビがいると言って以来、おびえてた。ロバータをはげますために、わたしはヘビについてできるかぎり調べた。そうすれば、かまれないですむ方法がわかる。それをノートに全部書いた。これがわかったこと。

1. ぜったいに、ヘビをおこらせないこと。
ぼうでつっついたり、けっとばしたりしない。
かまれたくなかったら、ぜったい。

2. ぜったい、ぜったい、ヘビのしっぽをつかまないこと。

3. せのたかい草の中に入らないこと。

4. ヘビを見たら、見なかったふりをして、そっと立ちさること。
ヘビにかまれる人はだいたい、よく見ようと近づいたり、
つかまえようとしたりしている。

5. かまれてしまって、それが毒ヘビだったら、
ちりょうしてもらうこと。
大急ぎで！

この情報《じょうほう》を全部教えてあげたら、ロバータは元気になった。いろんなことにそなえていれば、ずっと生きやすくなる。

ロバータと友だちじゃなくなったことにも、そなえていられたらよかったのに。

友だちがべつの子たちとつきあうようになって、そのうち自分の友だちじゃなくなって、でもいつからそうなったか覚えていないってこと、あるよね。だけど、ロバータとわたしの場合はそうじゃなかった。日付もはっきりわかる。十月十二日。四年生のとき。ロバータはほかの女の子たちと鬼《おに》ごっこをしていて、わたしもがんばっていっしょにやってた。でも、遊びが終わると、ロバータはつかつかやってきて、こう言った。

「わたしたち、もうあなたと遊びたくないの」

「どうして？」

答えはわかっていたのに、きいた。

「〈話しかた〉がむずかしすぎるんだもん。それに、のろのろしてるから」

〈話しかた〉というのは、わたしにわかるように話すやりかたのこと。（1）むかいあって、（2）口が見えるようにして、（3）はっきりと話す。

読者通信カード

書　　名			
ご 氏 名			歳
ご 住 所	(〒　　　　　　)		
ご 職 業 (ご専門)		ご購読の 新聞雑誌	
お 買 上 書 店 名	県 市	町	書店

本書に関するご意見·ご感想など

＊お送りいただいた情報は、小社が責任をもって管理し、以下の目的以外には使用いたしません。

- 今後の出版活動の参考とさせていただきます。
- ご意見・ご感想を匿名で小社の宣伝物等に使わせていただく場合がございます。
- DM、目録等をお送りすることがございます。

郵便はがき

恐縮ですが
切手をおは
りください

1620815

東京都新宿区筑土八幡町2—21

株式会社

評論社

読者通信カード係 行

ロバータがわたしのことを、のろのろしてる、と言ったわけもわかった。かけっこをしたときは、メーガン・ルイスがいつ「よーい、スタート！」と言ったのかわからなかった。口をひらいたのはわかったけど、最後まで言い終わったかどうかがわからない。それから、椅子《いす》とりゲームのときは、音楽がいつ止まったかわからなかった。かくれんぼのときは、いつから「もういいよ」になったのかわからなかった。いつもなんとか解明《かいめい》したけど、ほかの子たちより二、三歩おそかった。そのせいで遊びのテンポがおくれる。それはわかってた。でも、ほかの子たちも気づいてたとは知らなかった。ごまかせてると思ってた。それは思いこみだったと、ロバータにつきつけられたわけ。

「新しい友だちが見つかるんじゃない？」

とロバータは言った。

パチンと指を鳴らせば新しい友だちが出てくるとでもいうように。

その晩《ばん》、ママのひざの上で泣いた。そこまで落ちこんでた。そうしたらママったら、あの子たちが本当の友だちなら、みんなで遊べる方法を考えてくれたはずよ、と言った。そういうことを言われるとむかつく。ぜんぜんわかってないって思う。いやな友だちでも、だれもいないよりまし。それにわたしにとって、あの子たちは本当の友だちだった。そうじゃなかったら、こんなに泣いてないよ。

でも、今のわたしはひとり。それで、すごくうまくいっている。

たしかに聖《せい》ルネに、カオリ・タナカからわたしを守ってくれる友だちがいたらいいのにって、お祈《いの》りはした——念のためにね。でも、今はもうだいじょうぶ。ひとりでなんの問題もない。ここで日記帳にスケッチしながら、リスを待っていて、足もとには忠実《ちゅうじつ》な犬がいる。セイクリッドは自分の声がわたしに聞こえていなくたって、ちっとも気にしない。セイクリッドには〈話しかた〉も必要ない。

これ以上のことなんて、望めないよね。

20

さけぶことへの疑問

ヴァージルは生まれてこのかた、さけんだ記憶《きおく》がない。いや、さけんではいるはずだ。十一年間も生きてきて、一度もさけばない人間なんているだろうか。でも、ヴァージルは記憶力が抜群《ばつぐん》なのに、さけんだ覚えがない。赤ちゃんのときでさえ、さけんでいない気がする。母さんにきいてたしかめなくては。母さんなら知っているだろう。

「あんたはサリーナス家がはじまって以来、いちばん静かな男の子よ」と母さんはよく言っていた。そして、「ふるさとに帰ることがあったら、しゃべりかたを教えてあげなきゃ。さもないと、スイギュウかジープニーにひかれてぺちゃんこにされちゃうわよ」とつづけ、笑いだす。同じ話を何万回もしているくせに、どうして毎回おもしろがれるのか、ヴァージルにはわからない。じつのところ、はじめて聞いたときから、まったくおもしろいとは思えなかった。ぺちゃんこにされるなんて、想像《そうぞう》しただけでおそろしい。スイギュウもジープニーもなんなのか、よくわかっていなかったけれど。

親に愛されていないと思っていたわけではない。ただ、どうして「こうらから出てこない」ことをあんなに気にするのか、理解《りかい》できなかった。そもそも、こうらの何がいけないのだろう。カメはこの地球に二億《おく》年前から生存《せいぞん》している。ヘビやワニなんかよりも古くから生きのびてきた。それにカメは寿命《じゅみょう》も長い。アメリカハコガメは百年以上も生きることがあり、視力《しりょく》も嗅《きゅう》覚《かく》もすぐれているという。カメは非凡《ひぼん》な動物なのだ。もしも二億年前に人間がむりやりカメをこうらから引きずり出していたら、どうなっていたか。今ごろ、カメはこの世にいないだろう。

ヴァージルはかびくさい井戸《いど》の壁《かべ》によりかかった。底のほうに、井戸の内側を一周するせまいふちがあったが、そこに乗ってもはしごには届《とど》かない。すわったほうがいいのか、ヴァージルはまよった。すわるのは、あきらめるのと同じだろうか。

今いったい何時なんだろう。

さけんだほうがいいのだろうか。

さけぶのが賢明《けんめい》な気がしたが、口をひらいたとたん、想像してしまった。助けを呼《よ》ぶさけび声が上へ上へ上へとのぼっていき、森にとどろきわたり、葉っぱをゆらし、小鳥たちをおびえさせ、チェット・ブルンズのあかだらけの耳に入っていく。するとブルはうなり、あえぎ、オオカミのようにヴァージルをかぎつけ、突進《とっしん》してくる。そして井戸のふたをつかみあげると、ヴァージルを永久《えいきゅう》にとじこめてしまうのだ。

しばらく待ったほうがいい、とヴァージルは思った。ブルが家に帰るころまで。

問題は、「しばらく」がどのくらいなのかわからないことだった。腕時計《うでどけい》はないし、携帯《けいたい》電話はこわれてしまった。勘《かん》にたよるしかない。ここにおりてから、十分たつ？　それとも四十分？　どうだろう。だいたいヴァージルは数字が苦手で、時計があっても、時刻《じこく》を読みとるのにひと苦労《くろう》する。そのせいで、ある午後のこと、父さんが両手をあげて降参《こうさん》し、こう言ったのだった。「なんてこった！　まあいいさ、ヴァージリオ。始まりと終わりがわかればいい。真ん中の時間は気にするな」

ヴァージリオにはこれが始まりなのか、終わりなのか、真ん中なのか、なんなのかわからなかった。わかるのは、足が痛《いた》くて、日差しが前ほど明るくないことだけだった。だから顔を上にむけ、声をあげた。

「ハロー！　ハロー！」

けれど、たいして大きな声には聞こえない。だれかに伝わっただろうか。もっと大きな声を出さなくては。

「ハロー！　ハロー！」

ガリヴァーがひげの動きをぴたりと止めた。リュックの寝床《ねどこ》から、真ん丸の黒い目で、ヴァージルをじっと見つめている。ヴァージルはよりかかりながらガリヴァーを見ていられるように、リュックを前にかかえていた。

「ハロー！　ハロー！　助けて！　助けて！」

助けを求めてさけんだことなんてなかった。不思議なひびきがした。けれど、もしヴァージルに助けが必要なときがあるとしたら、今こそがそうだ。体の深い深い奥底《おくそこ》から、ありったけの力をふるいおこし、胸《むね》が風船のようにふくらむほど大きく息を吸《す》いこんだ。

そして、さけんだ。これまででいちばんの力強さで。

「助けて！　助けて！」

その声に驚《おどろ》いた。自分の声に聞こえない。その声は体じゅうをかけめぐった。足の先まで。

こんなに大きな声を出せるなんて、だれにもわからなかっただろう。

今こそ両親が聞いてくれていたならよかったのに。

21

ヴァレンシア

リスはとってもいそがしい生き物。この世でいちばんいそがしい動物かもしれない。あまりにもいそがしいから、忘《わす》れっぽい。前に読んだけど、リスは起きている時間のほとんどを、とっておくドングリをかくすために使っている。なのに、どこにかくしたか忘れてしまう。そこから新しい木が生えてくる。このあたりの地面にはドングリが何千個《こ》もうまっているはず。何万個もかもしれない。もしもあの悪夢《あくむ》のように、自分が地上でたったひとりの人間になってしまって、電気も生野菜もなかったら、地面を掘《ほ》って忘れられたドングリを全部さがしだすつもり。そうすれば食べていける。何か月も。もしかしたら何年も。

そしてふたたび文明社会にめぐりあえたら、「ヴァレンシア、どうやって生きのびたの？」ときかれるだろうから、こうこたえる。「リスが残したドングリを全部食べたの」。そうすればみんな、「わあ、すごく頭いいね」って思うかも。

観察してわかったのは、リスは木の上に巣をつくるってこと。はじめは地面で暮《く》らしているのかと思っていたけど、今はそうじゃないってわかる。小枝《こえだ》や葉っぱを使って木の枝に巣をつくる。一見すると、小鳥の巣みたい。木に登って近くから見てみたいけど、それはむずかしい。きっと十メートルくらい落下して、骨《ほね》を二十七本くらい折るはめになりそう。それに、自然のいとなみをじゃましたくない。

それでもたまに、じゃますることもある。どうしてもっていうときだけ。たとえば数分前、ドングリをひとつかみ集めて、倒《たお》れた丸太のそばにある、マツの木の根もとに置いた。リスがどうするか見てみたかったから。そうしたら、どうなったと思う？　すぐにリスが一ぴき、木からおりてきたかと思ったら、ドングリを一個つかんで走り去った。リスには、木の実レーダーみたいなものがあるのかも。

リスは齧歯類《げっしるい》の仲間。ほかの齧歯類も木の実が好きなのかな。ラットがドングリを持っているのを見たことはないけど、考えてみたら、自然の中でラットに出会うこともあまりない。どうしてだろう。

動物観察日記に書きこむ。

☆げっし類はみんな木の実がすき？

☆なぜ森でラットを見かけないのか？

もうすぐカオリに会う時間。緊張《きんちょう》してないって言ったら、うそになる。立ちあがって、日記帳をバッグにしまい、目をとじる。

「聖《せい》ルネさま。これからカオリ・タナカに会いにいきます。お願いがふたつあります。ひとつめ。わたしをどうか見守ってください。万一のために。ふたつめ。カオリ・タナカがわたしの悪夢《あくむ》を追っぱらえるように、お力ぞえください。いい夏をすごせるように。すくなくとも夜はちゃんと眠《ねむ》れる夏になるように。お願いします」

目をあける。息を深く吸《す》いこむ。そして森のむこう側へ歩きだした。考えごとに夢中《むちゅう》で、あやうく古い井戸《いど》に気づかずにとおりすぎるところだった。この井戸がいつも目に入ってくるのは、わたしのお気に入りのひとつだから。十七世紀《せいき》か十八世紀のイギリス植民地時代のものだと思うけど、定かじゃない。今もちゃんと形をとどめている。石でできているからかな——ぶあつい木の板でできたふた以外は。だけど、どことなく、今日の井戸はいつもとちがう感じがする。

ふたがはずれているんだ。

井戸まで歩いていった。やっぱり、井戸の口が大きくあいている。だれかのいたずらだ。ほら、その証拠《しょうこ》に、井戸のふちに小さな石がかたまって置いてある。きっとだれかが石ころを投げこむために、井戸のふたをあけたんだ。そんなことをして午後をつぶすなんてつまらない気がするけど、とりあえずやってみた。小石を落とす。ひとつひとつ。

井戸《いど》の底は暗い。

真っ暗。

〈クリスタル洞窟《どうくつ》〉を思い出した。でも、何かがへんな感じがする。なんだかわからないけど、ぞくぞくっとして、両手をぱっと引いた。

何かが聞こえた？　それとも、気のせい？

何かが飛びだしてくる気がして、ちょっとあとずさりした。それから、また身を乗りだして、井戸をのぞきこむ。暗闇《くらやみ》。ときどき、音が聞こえなくても、感じることがある。今、わたしは何かを感じてる？

ふたをもとにもどさないと。それが気になっている。動物が中に落ちるかもしれない。もしリスが探険《たんけん》にいって、出られなくなったら？

聖《せい》ルネは子どもたちを守るために、十字架《じゅうじか》の印をつくって祝福《しゅくふく》した。わたしもそんなふうに、リスたちを守りたい。聖ルネほど勇気があるとは言わないけど——だって聖ルネはつかまってひどいめにあったから——でも、聖ルネのようになりたい。もちろんリスが自分で自分のめんどうをだいたい見られるのはわかっている。でも、井戸のふたがあいていたら、とまどうかもしれない。

そう、ふたをもどしたほうがいい。

だから、そうした。

でも、井戸にふたをかぶせて安全になっても、へんな感じがつづいていた。消えてなくならなかった。森を出てからも、道をわたってカオリの家にむかっているときも。

22

べつの場所にいるところを想像してごらん

暗闇《くらやみ》には、かじったりかみしめたりする歯があり、そののどもとに、ヴァージルはすわっていた。目の前に手をかざしても、まったく見えなかった。ここには、ひとすじの光もない。ほんの針穴《はりあな》ほどの光も。
「ブルはぼくを殺すつもりだ」
ヴァージルは声に出して言った。
そんなことは、とても信じられなかっただろう。本気では。でも、ほかに説明のしようがあるだろうか。助けを呼《よ》ぶヴァージルの声は、木々の間をぬって、ブルのあかだらけの耳に届《とど》いたのだ。思っていたとおりに。小石が落ちてきたとき、ガリヴァーをおおって守ってやった。そのあと、光が消えた。ブルはヴァージルたちを苦しめて、殺そうとしている。そうとしか説明がつかない。ほかにこんなことをする人がいるだろうか。

心臓《しんぞう》の鼓動《こどう》が速くなった。速すぎる。心臓発作《ほっさ》かもしれない、とヴァージルは思った。心臓発作ってこんな感じなのか？　十一歳《さい》でもなるのか？

それに、息もできなかった。肺《はい》を暗闇にうばわれてしまった。ヴァージルはつばを吐《は》き、リュックをぎゅっと引きよせた。両腕《りょううで》を巻《ま》きつけ、救命ボートであるかのようにしがみつく。ガリヴァーがキュイッと鳴いた。何も知らずに。それとも知っていて、別れを告げているのだろうか。

ガリヴァーが鳴きやむと、聞いたことのない音が井戸《いど》いっぱいに広がった。あえぎとしゃっくりが混《ま》じった、むせび泣き。ヴァージルは必死に暗闇の中を見まわし、やがて、その声を出しているのが自分だと気づいた。結局、心臓発作で死ぬのではないのかもしれない。過呼吸《かこきゅう》発作で死ぬんだ。それか両方で。

息がのどにつまる。あえぎながら、むせる。

「落ち着け、落ち着け」と自分に言い聞かせる。息切れのせいで「おほ、ちひ、つふ、けへ」

のように聞こえる。それでも、すこしは効《き》きめがあった。すくなくとも、むせるのは止まった。でも、リュックにはしがみついたままでいた。ガリヴァーを守らないと、と自分に言い聞かせていたが、それはぎゃくだとわかっていた。

井戸《いど》の底はしんと静かだった。この世界がどんなにうるさいのか、何も聞こえなくなって、はじめて気づいた。遠くで走る車もない。近くでうなるエアコンもない。小鳥のさえずりもない。葉っぱが裏返《うらがえ》る音さえ聞こえない。

「もうおしまいだ」

ヴァージルはつぶやいた。井戸の底にある、低いふちに腰《こし》かけた。

「ぼくがここにいることは、だれにもわからない。サリーナス家が何世代も、はるか未来までつづいていっても、ぼくがここにいることは、だれひとり知らないままだ」

みんなはこう言うだろう。「むかし、家族にヴァージリオという男の子がいたけど、どこへ行ったのか、だれにもわからないんだよ」と。そして、十字架《じゅうじか》の印をつくるだろう。その間ずっと、ヴァージルの骨《ほね》は井戸の底に横たわっている。となりにはガリヴァーの小さな骨がならんでいて、あまりにも細くてまるで糸のように見えることだろう。

ヴァージルののどはからからだった。急に頭が重くなってきた。おでこにレンガをのせられて、バランスをとっていろと言われたかのように。口をあけ、深く深く息を吸《す》いこもうとしたが、できなかった。肺《はい》は空気でいっぱいなようでもあり、空っぽのようでもあった。体じゅうが神経《しんけい》のかたまりになっていて、それがすべて同時に引っぱられ、断《た》ち切《き》られるようだった。

そして今は暗闇《くらやみ》と静けさだけではすまなくなっている。においだ。かびと古くなった水のにおい。台所の流しがつまったときのにおいを思いおこさせる。

ヴァージリオは目をとじた。〈べつの場所にいるところを想像《そうぞう》してごらん〉。小さいころ、こわい夢《ゆめ》を見ると、母さんがそう言ってくれたものだった。まだ「カメ」と呼《よ》ぶ前のころ。兄さんたちのように完璧《かんぺき》ではないことが、まだわからなかったころ。

〈べつの場所にいるところを想像してごらん〉

想像してみた。自分の部屋で、ガリヴァーが水入れをカタカタ鳴らしている。カオリの家にある丸い敷物《しきもの》と、花を燃《も》やしたようなお香《こう》のにおい。それからテーブルの前で、ロラが新聞を読みながら、しょうがないねと首をふっているところ。

もしヴァージルが目ではなく耳をとじていたのなら、うまく想像できたのかもしれない。でもヴァージルの耳はひらかれ、よく聞こえ、暗闇《くらやみ》の中でかすかな音もひろいあげた。

無視《むし》するんだ、と自分に言い聞かせる。今のはガリヴァーだよ、と。

けれどヴァージルは、ガリヴァーのたてる音を知っていて、これはちがうとわかっていた。ガリヴァーの鳴き声は無害で単純《たんじゅん》だ。おなかがすけばキイッと鳴き、うれしいときはキュイッと鳴く。モルモットはそれ以外にはあまり音を立てない。まして、バサバサと音を立てることはない。バサバサ鳴るようなものは身につけていない。

なのに、バサバサという音が聞こえてくる。

〈べつの場所にいるところを想像《そうぞう》してごらん。べつの場所にいるところを想像してごらん〉

ヴァージルは自分の部屋にもどったが、想像したとたんに消えてしまった。カオリの丸い敷《しき》物《もの》も見えなくなった。ロラとテーブルまで飲みこまれてしまった。

あの音は――なんだろう。

そうだ、つばさだ。つばさが広げられる音。つばさがたたまれる音。

コウモリの群《む》れだろうか。するどい歯をむきだして、おりてくるのかもしれない。

音が大きくなった。

ヴァージルは目をあけようとはしなかった。足はコンクリートのかたまり、ひざはゴムバンド、口はぎゅっととじ、鼻だけで息をする。といっても、ちゃんと呼吸《こきゅう》できない。過呼吸《かこきゅう》のようになっている。

鼻の穴《あな》からあさく意味なく吐《は》き出《だ》される息の音があたりの空間に広がったが、バサバサという音はそれ以上に大きくなり、ヴァージルはついに、これはコウモリではないと気づいた。

これはもっと大きなものだ。

羽毛が生えている。

羽根がある。

つばさを広げれば、村をまるごとおおいつくせる。

これは、〈パア〉だ。

23

時間の問題

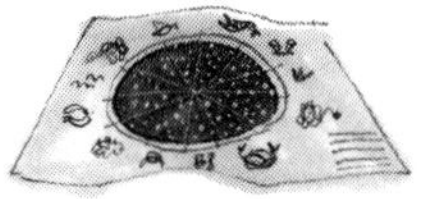

　カオリ・タナカがはじめてしゃべった言葉は「ノマド」だった。ノマド、つまり「遊牧《ゆうぼく》民《みん》」という意味。といっても、カオリには遊牧民の血は流れていない。すくなくとも両親を見るかぎりは、そう思わざるをえない。ただし、カオリがたしかに両親から――とくに母親から――受けついだものがあり、それはきっちりした時間感覚だった。姉として真っ先に妹のユミに教えようとしたことのひとつが、時計の読みかただった。残念ながら、ユミにはあんまり才能《さいのう》がなかった。

「これは何時？」

　数年前のある午後、時計を学びはじめたユミに、カオリはきいた。時計の絵を描《か》いた紙を見せた。だれだって三時半――魔女《まじょ》がいちばん活動する夜明け前の時間――だとわかるはずなのに、ユミはぽかんと時計を見つめるだけ。正しい時間をこたえるかわりに、すわって足を前にのばし、足の指をつかんだ。いつだってもぞもぞ動きまわっている女の子だった。

「わかんない」

ユミはこたえた。

「でも、べつにいいよ。ママの携帯《けいたい》電話か電子レンジを見れば、すぐわかるもん。数字も書いてあるし」

「これだって、数字が書いてあるでしょ」

「でも、はっきりとは書いてないよ」

カオリはため息をついた。

「人生って、すべてはっきりしてるとはかぎらないの」

カオリがユミに時計の読みかたを教えようとしたのは、それが最初で最後だった。それでも、人生の大事な教えは説きつづけた。時間を守ること。

カオリがヴァージルで気に入っているのは、時間に正確《せいかく》なことだった。八時十三分四十秒にどこかへ行くと言えば、かならずその時間にそこに来た。すこし早めに来ることはあっても、おくれたことは一度もない。一分たりとも。

だから何かがおかしいと、カオリにはわかった。時計を見て、約束の時間を十五分も過《す》ぎているると気づく前から。

「約束の時間に来ないなんて、ヴァージルらしくない。『ごめん、行けなくなった』って連絡《れんらく》もなしに」

カオリはユミに言った。ふたりは居間《いま》の窓辺《まどべ》にならんで立ち、ブラインドごしに、ヴァージルのやせっぽちの姿《すがた》が玄関前《げんかんまえ》の小道を歩いてくるのを待っていた。

「メッセージを送ってこないなんて、おかしい。わたしの時間がどんなに貴重《きちょう》か知ってるのに。それに、あとで新しい相談者も来るのに」

「忘《わす》れちゃったのかも」

「それはない」

「お母さんかお父さんに急に何か言いつけられて、連絡できなかったのかもよ」

そのほうが、ありえる。両親というのはどういうわけか、ものごとをじゃまして、だいなしにしてしまうものだ。それにしても……。

「やっぱり、へん。メッセージを送るか何かするはず」

カオリは玄関のドアをあけて、外に出た。腕《うで》を組み、アイラインを引いた濃《こ》い色の目で、道路を見わたした。それだけ心配の度合いが大きいということだ。カオリは相談者を外で待つことはしない。かならずパスワードを求める。霊能力《れいのうりょく》がある人は、身を守らなくてはならない。セイレムの魔女《まじょ》たちがどんな悲惨《ひさん》な目にあったか、知っているだろう（十七世紀にアメリカのセイレム村で魔女裁判が行われ、無実の人々が裁かれた）。

ユミもとなりに立って同じように腕を組んだ。両親が家にいたなら、こう言ったはずだ。ドアをしめなさい、エアコンの冷気が全部出ていくでしょ、どれだけお金のむだづかいかわからないの？　けれど、ご先祖《せんぞ》さまたちのおかげで、タナカ家の両親は土曜日にかたづけなくてはならない用事で出かけていた。

「悪い予感がする」

そう言うと、カオリはあごをそらせて空を見あげ、印が出ていないかさがした。なのに、雲ひとつない青空だった。すばらしいお天気ね、と言う人もいるだろうが、カオリは暴風雨《ぼうふうう》のほうが個性的《こせいてき》だと思っている。

ユミがぱっと目を見ひらいた。

「クリスタルのお告げを聞いたら？」

そうだ。クリスタルだ。どうして忘《わす》れていたのだろう。でも、クリスタルのお告げは特別な場合のためにとってある。相談者が約束に二十分おくれているのは、特別な場合にあてはまるのだろうか。

「もう一度メッセージを送ってみる。念のため」

カオリは言った。

ふたりで家の中にもどると、カオリは自分の部屋のドアの外に携帯《けいたい》電話を置いた。〈精霊《せいれい》の部屋〉ではなるべく携帯電話を使わないようにしている。そういうものを来世の者たちがどう思うかわからない。霊たちには、携帯電話やインターネットの説明をしていたから、事情《じじょう》をよく知っているはずなのだが、なんとも言えなかった。

ヴァージルから返信がなかったので、カオリは電話をかけた。ただちにふつうの留守番応答《るすばんおうとう》メッセージが流れた。カオリは電話を切り、廊下《ろうか》の壁《かべ》によりかかって、下くちびるをかんだ。

十一時半になると、おなかの底からそわそわしてきた。

十一時三十五分、ひどくよくないことがおこったかもしれないと考えた。

十一時四十分には、ヴァージル・サリーナスはおそろしい運命にあったはずで、クリスタルのお告げをきくべきだと確信《かくしん》した。

クリスタルは小さなベルベット製《せい》のショルダーバッグに入っていて、鍵《かぎ》のかかる箱にしまってある。箱の上に呪文《じゅもん》の本を何さつも重ねてあり、ベッドの下にかくしてある。そこにクリスタルがあると知っているのはユミだけで、ふたりにとっては、それがユミの知る最大の秘密《ひみつ》だった。ユミは自分の過去《かこ》と現在《げんざい》と未来のすべての命にかけて、生きているかぎり、クリスタルのかくし場所を明かさないと誓《ちか》わなくてはならなかった。

クリスタルはどこから来たの、とユミがたずねたとき、カオリは人差し指をくちびるにあてて、こう言った。

「秘密の番人は、質問《しつもん》をしてはならない」

じつは、このクリスタルはカオリがガレージセールで買ったものだった。タナカ家の母親はガレージセールが大好きだ。カオリがいっしょに行くと言ったとき、母親は「母と娘《むすめ》のいい時間」が過《す》ごせるから「とってもうれしい」とこたえたのだが、カオリとしては、ほかの人たちがたった五セントでどんなお宝《たから》を手放すのか見たいだけだった。そしてそこで、クリスタルを見つけたのだ。

クリスタルを売った女の人は「花瓶《かびん》に入れて使うのよ」と言っていた。「きれいなかざりになるでしょ」と。しかし、カオリにはわかっていた。宇宙《うちゅう》の秘密《ひみつ》はこのようなめずらしくて美しい物にかくされていて、少数の選ばれた者だけが、その秘密を引きだすことができる。だから、カオリは十セントでクリスタルを買った。

カオリが部屋に鍵《かぎ》をかけると、ユミがベッドの下にもぞもぞ入りこんで、箱を出した。そして、しんちょうに敷物《しきもの》のところまで運んだ。カオリは箱をひらき、バッグをとりだし、クリスタルを敷物の上にあけた。それから、ふたりとも身を乗りだした。じっと見つめる。

「何が見えるの？」

ユミがそっときいた。

カオリはさわらずに、それぞれのクリスタルをながめた。全部色がちがう。赤、青、透明《とうめい》、ピンク。カオリは透明なプラスチックでできたつぶをとくに注意して見つめた。

「ヴァージルは約束を忘《わす》れてない。おそらく、とめおかれてる」

「とめおかる、ってどういうこと？」

「とめおかれているの。つかまっていて、来られないってこと」

ユミがはっと息をのんだ。

「悪い人につかまって、銃《じゅう》をつきつけられてるの？」

「ちがう、ちがう。銃をつきつけられてるんじゃなくて、とにかく……じゃまが入ったってこと」

カオリは背《せ》すじをのばし、すこしえらそうにつづけた。

「何かがヴァージルがここへ来るのをはばんだの」

「そんなの、はじめっからわかってるよ。だって、ここにいないんだから」

カオリはユミを無視《むし》した。ユミは助手として役に立つが、うっとうしいときもある。

「何かがおこった。それだけは確実《かくじつ》よ」

24
ヴァレンシア

霊能者《れいのうしゃ》の家を訪《たず》ねたことなんてないけど、もうすこしちがう感じを想像《そうぞう》していた気がする。たとえば大きくキラキラと「手相占《うらな》い」とか「運勢《うんせい》がわかります」といった看板《かんばん》が出ているとかね。でも、住所を見てたどりついた家はふつうだった。どう考えたらいいのかわからない。これはよいきざし？　悪いきざし？　カオリはまともな人？　それとも、おかしな人？

答えを知る方法はひとつだけ。

玄関《げんかん》まで歩いていって、ベルを鳴らした。ふるえが指に伝わってきたから、ベルが鳴ったことがわかる。信じられないと思うけど、ベルがこわれたままの家って、意外と多い。

わたしはドキドキしながら、玄関のドアを見つめた。そんなに待たないうちにドアがあいて、そこに小さな女の子が立っていた。小学一年生くらいに見える。思っていたよりもずっと若《わか》いけど、すくなくとも連続殺人鬼《さつじんき》じゃない。どうりでインターネットでさがしても出てこなかったわけだ。こんなに小さかったら、パソコンも使えないいんじゃないかな。

「パスワードは？」

女の子がきいた。

「金星が西の空にあらわれる」

女の子は補聴器《ほちょうき》に目をとめた。

「それ、なあに？」

「補聴器」

そうこたえて、女の子の反応《はんのう》を待った。

わたしの耳が聞こえないことがわかると、おじけづく人もいる。話をしたくなくなったり、どこを見ていいかわからなくなったりする。目があちこち泳いで、べつの場所へ逃《に》げようと、見えないドアをさがしているみたいになる。

でも、女の子はこう言っただけだった。

「しゃべりかたが、へんだね」

「知ってる。わたし、耳が聞こえないの」

「そうなんだ」

女の子はそう言って、ドアを大きくあけた。

そうじとかたづけがいきとどいた家で、お香《こう》のようなにおいがする。廊下《ろうか》の奥《おく》の部屋から、煙《けむり》がうずを描《えが》いてただよってくる。女の子につれられて、その部屋へむかった。

聖《せい》ルネさま、もしもあの煙の部屋に猟奇殺人鬼《りょうきさつじんき》がいるのなら、どうかわたしをお守りください。アーメン。

結局、部屋にいたのは殺人鬼なんかではなく、ただの女の子だった。わたしと同い年くらい。これがカオリだと、すぐわかった。大きな星座図《せいざず》の前に立って、両手を腰《こし》にあてている。わたしが部屋に入ると、ふりむいた。気がかりそうな顔つきをしている。眉《まゆ》の間にかすかにしわをよせている。心配しているとき、そういう顔になるものだ。目を見ると人のことがよくわかるって、前に言ったよね？　じつは、眉毛を見るともっとわかる。

「あなたが、〈ただのルネ〉？」

女の子にきかれた。

一瞬《いっしゅん》とまどったけど、そのあと、念のために、にせものの名前を伝えていたのを思い出した。

「うん」

小さい女の子がお姉さんのとなりに歩いていき、ふたりでこっちとむかいあう。

「補聴器《ほちょうき》をつけてて、しゃべりかたがへんなんだよ」

小さい女の子が言った。

わたしは〈話しかた〉について伝え、ふたりが緊張《きんちょう》したり、居心地《いごこち》悪くなったりするのを待ったけれど、ふたりともそうはならなかった。カオリはほかのことに気をとられているようだった。

「わたしがカオリ。すこしぼうっとしていてごめんなさい。二時間前に来るはずだった相談者が来なくて、心配してるの。見かけなかった？」

「どんな人？」

「小柄《こがら》でちょっとやせっぽちで、肌《はだ》が小麦色で、髪《かみ》が黒い男の子」

カオリはこっちをまっすぐ見て、ゆっくりと言った。わたしがお願いしたとおりに。

「いつも不安そうで、紫色《むらさきいろ》のリュックをしょってる。十一歳《さい》」

「ヴァージルっていう名前だよ」

小さい女の子がつけたした。

「あたしは、ユミ」

「小柄《こがら》でやせっぽちで髪《かみ》が黒いの？」

ユミとカオリがうなずく。

今日はそんな男の子を見かけていないけど、その描写《びょうしゃ》には思いあたる気がした。

「それと、紫色のリュック。それで、いつも不安そう」

ユミがつけくわえる。

なんだか知っている気がする。

ヴァージルという名前を聞いても、わたしにはあまり意味がない。名前を覚えるのはむずかしいから。顔のほうがずっと覚えやすい。

でも、カオリの家に来るまでの間は、だれにも会わなかった。それは確実《かくじつ》。

「見かけなかった」

わたしはこたえた。

カオリは顔をしかめ、

「そのうちきっと来るでしょ」

と言うと、むりやりほほえんだ。

「あなたの夢《ゆめ》の話をしましょう。それはいい夢？　それとも、悪い夢？」

「いい夢だったら、ここには来ないよ」

わたしはこたえた。

「するどい指摘《してき》ね」

カオリは丸い敷物《しきもの》を指さして、すわるように言った。言われたとおりにすわった。

「さて」

カオリはわたしのむかい側にすわり、そのとなりにユミがすわった。

「はじめましょう」

でも、カオリの顔から、気がかりそうな表情《ひょうじょう》は消えていない。まだ、残っていた。

25

運命を知らなかった女の子

ヴァージルは耳をおおった。痛《いた》くなるくらい、手のひらを強くおしあてた。心臓《しんぞう》が鼓動《こどう》する音は胸《むね》から頭へうつったが、それでもバサバサという音は消えない。それどころか大きくなった。羽根をさかだてる音は、もはやほかのすべてを圧倒《あっとう》している。ドキンドキンドキンという心臓の音も、フウフウフウという鼻からの息の音も。それでも、ヴァージルは目をあけなかった。あけようとしても、はりついて、はがれなかっただろう。眼球《がんきゅう》がうずく。ほっぺたも。顔全体がぎゅっと丸まって小さなかたまりになってしまった。

だめだ、見ることなんかできない。見るもんか。

つばさがまた動いた。近づいてきたのか。近づいた感じはする。

ほっぺたにあたったのは、羽根か、それとも……？

ヴァージルはたじろいだ。教室で手をあげていないのに、先生に名指しされたときのように。

「ヴァージル、答えはなんですか？」

先生たちはきいて、まっすぐこっちを見る。

ヴァージルはかぶりをふった。だめだ、だめだ、だめだ。

「解答《かいとう》がわかる人はいますか？　はい、ヴァージル」

あるときマレー先生のクラスで、ヴァージルは――小さな小さな声で――思っていたことをそのまま伝えた。

「でも、ぼくは手をあげてません」

「人生には、自分から手をあげなくても、呼《よ》ばれるときがあるのよ」

と、先生はこたえた。

つばさがますます大きくなった。ヴァージルにはわかった。つばさは広がって、井戸《いど》の両はしに届《とど》き、自分とガリヴァーではうめられない空間をすべてしめていく。

〈パア〉だ。

もうすぐ、かぎづめを感じるのだろうか。

「目をあけて」

ふいに声がした。

「それが解答《かいとう》よ」

ヴァージルの声ではない。井戸《いど》の内側から、ヴァージルの手と心臓《しんぞう》と弱々しい息をとおりぬけて、聞こえてくる。あの世のものが体を持ってあらわれたかのようだ。これまでに聞いたことのない、女の子の声。

ヴァージルは、かわいた草のようにからからになった口をひらいて、

「だれ？」

ときいた。実際《じっさい》に声が出ているかはわからなかったが、返事が返ってきた。

「わたし」

声はホットチョコレートのカップから立ちのぼる湯気のように、井戸の内側を吹《ふ》きぬけた。

ヴァージルは背中《せなか》を壁《かべ》にできるだけおしつけた。

「目はあけたくない」

今度はまちがいなく、声が出ているのがわかった。

「こわがればこわがるほど、〈パア〉は大きくふくれあがるの」

女の子が言った。

「それに、〈パア〉はあなたが思うほど悪いものではない。たいていのものは、そうよ」

女の子があまりに落ち着きはらっているので、ヴァージルはその言葉を信じそうになった。

女の子はなぜか、ロラに似《に》ている気もした。けれど、どこから来たのだろう。ヴァージルはいろんなことに確信《かくしん》がなく、今はいっそう、わけがわかっていなかったが、すくなくとも井戸をおりてきたときに女の子がいなかったのはたしかだ。

「幽霊《ゆうれい》なんか信じない」

とヴァージルは言った。事実ではないのに。

「わたしもよ」

女の子がこたえた。

呼吸《こきゅう》が落ち着き、〈パア〉の羽音が聞こえなくなったことに気づいたが、それでもヴァージルは目をあけたくなかった。もしも〈パア〉がこっちをにらんで、巨大《きょだい》なくちばしをひらいていたら？

「そんなことはないわ。わたしを信じて」

と女の子が言った。

どうして考えていたことがわかったのだろう。

「見れば、聞こえるの」

女の子がこたえた。

ヴァージルはぎゅっとかたまりになっていた顔をほぐした。手でふさいでいるせいで耳に汗《あせ》をかいていたが、手を離《はな》す気にはなれない。かわりに目をひらいた。ゆっくりと。ゆっくりと。

暗闇《くらやみ》。

さらに暗闇。

でも、とがったくちばしはなかった。羽根もない。かぎづめもない。

〈パア〉はいなかった。

井戸《いど》はさっきと同じままだ。

心臓《しんぞう》の鼓動《こどう》がすこしやわらいだ。まだ飛びたてそうなくらいドキドキしていたが、必死に胸《むね》をつきやぶろうとするほどではなくなった。

「ほらね？」

女の子が得意そうに言った。

ヴァージルは両手をおろしていき――ゆっくりと、ゆっくりと――暗闇をそわそわと見まわした。

「どこにいるの？」

その質問《しつもん》はささやき声になった。

「わたしはあちこちにいるの。わからない？」

そうだ。わかる。女の子の声はあちこちから届《とど》き、まるで井戸そのものがしゃべっているようだった。

「井戸はしゃべれないよ」

とヴァージルは言った。

手のひらを井戸の石のひとつにのせた。体のほかの部分は動かさずに。

井戸そのものが呼吸《こきゅう》している感じがする。

「こわがっているようね、バヤニ。だいじょうぶなのに」

「どうして？　どうして見えるの？」

「聞けば、見えるの」

「ぼくの名前はバヤニじゃない」

「わたしにとっては、バヤニよ」

「きみはだれ？」

「ルビー・サン・サルバドール」

その名前にはなんとなく聞き覚えがあった。

「運命を知らなかった女の子。覚えてない？」

女の子が説明する。

そうだ。思い出した。ロラが語ってくれた話に出てきたんだ。

「ここで何をしてるの？」

そうきいたヴァージルの声は小さかった。

〈パア〉はもういない。

すくなくとも今のところは。

「自分の運命をまっとうしているの」

とルビーがこたえた。

「きみの運命は、井戸《いど》の中で暮《く》らすこと？」

「いいえ。わたしの運命は、困《こま》っている人たちを助けることよ」

ヴァージルはリュックをつかんだ。

「それなら、井戸のふたをあけて、はしごに届《とど》くところまで、ぼくを引きあげてくれる？」

「それはむりよ。物を動かすには腕《うで》がいるもの」

「そうなんだ」

井戸の中に沈黙《ちんもく》が広がった。

ガリヴァーがキイッと鳴いた。

「もう望みはないってことだ」

ヴァージルがささやいた。

「ああ、バヤニ」

ルビーが言った。

「望みはいつだってあるわ」

26

夢の解釈

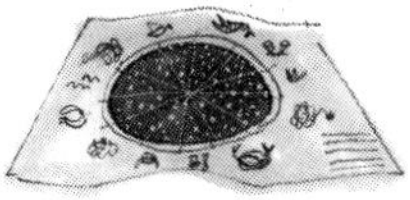

カオリが夢《ゆめ》について勉強したのは事実だ。すくなくとも、インターネットで調べはした。カオリは、無意識《むいしき》というものには大きな力があると信じている。かなり大きな力だ。そしてしばしば、おそれたり不安に思ったりすることを追いはらうために、脳《のう》は夢を必要とする。カオリにとって、解決策《かいけつさく》は、はっきりしていた。不安を乗りこえれば、悪夢《あくむ》は消える。〈ただのルネ〉の悪夢についてくわしく聞いた結果、何が問題なのか、カオリには、はっきりとわかった。これ以上ないくらい、はっきりと。

カオリは〈ただのルネ〉が自分を見ているのを確認《かくにん》すると、こう言った。

「あなたは青い服の女の子がこわいのです」

ルネはうたがわしそうに首をかたむけてから、横にふった。みんなは十二星座《せいざ》の敷物《しきもの》にすわっていた。いつもの配置だ。カオリとユミが片側《かたがわ》にいて、相談者が反対側にいる。

「そうじゃないのかも」

ユミが口出しした。

カオリは妹のほうを見た。

「悪いけど、あんたは専門家《せんもんか》じゃないでしょ。それに、わたしの解釈《かいしゃく》が正しくないって、どうしてわかるの？」

ユミは、さあというように肩《かた》をすくめた。

「だって……わかんないけど……かんたんすぎるかなって」

「ときには、かんたんな答えが本当の答えなの」

カオリはそう言って、ルネのほうへ顔をむけたが、ルネは納得《なっとく》していないようだった。

「でも、もうすこし集中してみる。万が一、わたしがまちがっているといけないから」

カオリは「万が一」という部分を強調した。

そして目をつぶり、ルネがたったひとりで野原に立っているところを思《おも》い描《えが》いた。

「あなたはおそれています。ひとりぼっちでいるのがこわいのです」

目をひらくと、ルネがくさったものでも食べたように、顔をしかめていた。

「こわくなんかないよ」

すぐに吐《は》き出《だ》さないといけない、にがい言葉のように言う。

「ひとりでいるのは好き。そのほうが楽だから」

カオリとユミは顔を見あわせた。カオリは相談者に言い返されるのに慣《な》れていない。なにしろ、これまでの相談者はヴァージルだけだった。

「そう」

とカオリは言った。

しんちょうに、ときどき間を置いて、ルネが大事な情報《じょうほう》をのがさないように気をつけながら、こうつづけた。

「わたしがまちがっているかもしれない。でも、わたしには、あなたがさびしがっているように思える。もしかしたら、さびしいと感じるのをおそれているのかもしれない。だから、まわりにだれもいなくなったのを見て、こわくなるの。まるで自分がガラス玉の中で生きている感じがするから。みんなに透明《とうめい》人間のように見られているの感じがするの。そしてある日……本当に透明人間になってしまう。そうなったら、だれだってこわいと思う」

ユミがいきおいよくうなずいた。

〈ただのルネ〉は、いやがっているような、にらんでいるような顔をした。

「わたしは、ひとりでいるのが好き」

そう言いはって、腕《うで》を組む。

「そう」

とカオリは言った。

「ひとりがいいの。問題もおこりにくいし」

「じゃあ、わたしの見当ちがいかもしれない。きっと、ヴァージルのことが気になっているからよ。集中できていないみたい」

カオリが言うと、ユミがまたうなずいた。

「ほんとだよ。ルネが来る前、お姉ちゃんずっと、そこに描《か》いてある線を見てたんだから」

ユミは星座図《せいざず》を指さした。

ルネはちらっと星座図を見てから、姉妹に視線《しせん》をもどした。カオリは、それはただの線ではないと説明したかったが、父親がよく言うように「よけいなことはしない」ことにした。

ルネは組んでいた腕をほどいた。

「ねえ。ヴァージルをさがすの、よかったら、手伝うよ」

カオリはこの新しい相談者をまじまじと見つめた。ルネはがんこだが、かっとなりやすい。興味《きょうみ》深い。星座はなんだろう。しし座？　おひつじ座？

「あなたの星座は何？」

カオリはたずねた。

けれど、ルネは立ちあがっているところで、話しかけられているのに気づかなかった。

27

ヴァレンシア

そう、ひとりでいるのが、いつもいいとはかぎらないかもね。グループに入っていたころにもどれたら、いいだろうなとは思う。だって、毎日お昼を同じ人たちと食べられるのはうれしい。適当《てきとう》にどこかにすわるんじゃなくてね。それにもちろん、セイクリッドにごはんをあげて、リスや小鳥の巣を観察する以外に、夏休みの予定があったらうれしいよ。だけどべつに、こわいとか、そういうんじゃない。

カオリが、捜索隊《そうさくたい》の作戦を立てる前にお昼ごはんを食べるべきだと言ったから、三人でキッチンに行った。思っていたより、おなかがすいていたことに気づいた。昼食の時間はとっくに過《す》ぎている。

カオリはサンドイッチ用に食パンとハムなどを出してきた。わたしはマスタードだけつけた、ハムサンドイッチをつくった。ユミは、薄切《うすぎ》りのボローニャソーセージのサンドイッチにマヨネーズを二キロくらい塗《ぬ》りたくった。カオリはハムとレタスとトマトのサンドイッチをつくって、パンの耳を切り落とした。

三人でタナカ家のキッチン——広くてきれいでジャガイモのにおいがして、おしゃれなテーブルには細長いキャンドルがならんでいる——でサンドイッチを食べながら、カオリが、わかりやすい場所からさがすべきだと言った。

「わかりやすい場所といったら、ヴァージルの家だけね」

カオリの口は半分くらいサンドイッチでいっぱいになってる。

「みんなで行って、そこにいるかたしかめないと」

「それならかんたんそうだね」

わたしは言った。サンドイッチに薄《うす》いハムを二きれしか入れなかったのは、それが礼儀《れいぎ》だと思ったからだけど、もう一枚《まい》足せばよかった。ほとんどマスタードとパンの味しかしない。でも、おなかがすいていれば、どんなサンドイッチだっておいしい。

「そんなにかんたんじゃないの」

カオリはそうつづけ、一瞬《いっしゅん》、間をおいた。

「ベルを鳴らしてヴァージルを呼《よ》び出《だ》す役は、ルネにやってほしい」

わたしはつばを飲みこんだ。

「わたし？　どうして？　その子のこと、知りもしないのに」

カオリが飲み物をごくっと飲んだあと、そでで口をぬぐいながらしゃべったから、最初のほうがわからなかった。でも、後半は解読《かいどく》できた。

「――それで、ヴァージルがしかられるといけないから」

そういうことか。もしヴァージルが両親にカオリの家にいると思われているなら、カオリがさがしにきたら、しかられるかもしれない。もしヴァージルがしてはいけないことをしに出かけたとしたら、なおさら。

「家はどこなの？」

わたしはたずねた。

カオリは適当《てきとう》な方向を手でさした。

「森の反対側のすてきな家。ヴァージルはボイド中学校に通ってるの」

「わたしも。今度、二年目」

「えっ、ヴァージルもだよ！」

ユミが声をあげた。下くちびるにマヨネーズがべっとりついている。

「本当に知らないの？」

とカオリがきく。

「さあ。名前を覚えるのが苦手だから」

説明がわりに補聴器《ほちょうき》のほうに手をやる。

「顔ならわかるけど」

そのあと、ユミが口をいっぱいにしたまましゃべったから、何を言っているのかよくわからなかったけど、ヴァージルがどんな顔をしているのか教えてくれているようだった。

小麦色。

やせっぽち。

悲しそう。

ユミが、もしだれかに、わたしの顔を説明するとしたら、なんて言うんだろう。

悲しそうだとは言われたくない。でも、実際《じっさい》はそうなのかもしれない。

だけど、今はちがう。

今はサンドイッチを食べているただの女の子で、このあと何がおこるんだろうと思っている。

28

バリ島

　ヴァージルはふたたび、井戸《いど》を形づくる重い石と石の間にスニーカーの先をさしこもうとした。けれど、石はすきまなくつんであって足場にならず、はしごまでのぼれなかった。ふちにもまた立ってみたが、高さが足りなかった。ヴァージルの身長も足りなかった。急に三十センチのびているかもしれないので、ためしにとびあがってみたが、指先ははしごのいちばん下の段《だん》をかすりもしなかった。そもそも、はしごがどこにあるのかもよくわからない。あまりにも暗かった。

　くたくたになって、すわりこみ、ガリヴァーにタンポポを食べさせた。

「あとどのくらいしたら、だれかがさがしはじめるんだろう」

　ヴァージルはそう口にした。〈石の少年〉のことを思い出す。

「もうさがしはじめているかもしれないわよ」

とルビーが言った。

「早く見つけてくれたらいいけど。〈パア〉がもどってくる前に」

「〈パア〉の心配なんかしないで休んだらどう？　〈パア〉は今ここにいない。大事なのはそこよ」

「休めないよ。こんなに静かなのに」

「静かだといいこともあるのよ。そういうときは、いちばんよく聞こえるの」

「何が？」

「自分の考えよ、バヤニ」

「それじゃだめだ。考えたくなんかない。ここにとじこめられて出られないってことしか、考えられないから」

　ルビーがため息をついた。

「そこが問題なの。人間は自分の考えに耳をかたむけたくないから、世界を騒音《そうおん》で満たしてしまう」

「べつの場所にいるんだったら、静かでもいいな」

「たとえば、どこ?」

ヴァージルはリュックを引きよせた。

「バリ島」

「バリ島って?」

「知らない。みんなが行きたがるところ」

ヴァージルの両親はしょっちゅうバリ島の話をする。パンフレットまで持っている。

「どうして? どんなところなの?」

「夢《ゆめ》のような場所なのかも。そうでなかったら、なんでみんな、あんなに行きたがるんだろう」

ヴァージルはあざやかな紫《むらさき》の空とぶあつい青い雲を思いうかべた。バリ島では雨がふるたびに、雲が割《わ》れ、笑いガスの大きなつぶがみんなにふりそそぐ。バリ島ではだれもが笑うのをやめられない。金色のゴブレットで飲み物を飲み、笑いに笑う。人がこうらにとじこもっていようが、だれも気にしない。そして太陽がいつも照り、どこもかしこも光を浴びている。光がふれるものはすべて、太陽の神々のものだ。太陽の神々は、邪悪《じゃあく》なものをけっしてバリ島の境《きょう》界《かい》に入ってこさせない。念のため、どの入口も兵隊が守っているが、あえて近づく者はいない。太陽の神々の宿敵《しゅくてき》は、暗黒の百の王たちだけだ。けれど、その王たちは地球の内部に追放されて、五千年前からずっと眠《ねむ》っている。

暗黒の百の王たちも永遠《えいえん》には眠りつづけられない。それはだれでも知っている。でも、いつ目ざめるのかは、だれにもわからない。だから太陽の神々は、暗黒の王たちをうちまかすことのできる特別な勇士をひとり選んだ。その勇士は何年にもわたって訓練をつづけた。暗黒の王たちが目を――二百個《こ》の目を――ひらくときにそなえて。

「それがあなたなのよ、バヤニ！」

ルビーが言った。

「あなたが太陽の神々の勇士なの」

「ぼくは勇士なんかじゃない」

ヴァージルは頭を石にもたせかけ、カビを吸《す》いこんだ。においは、さっきほど気にならなくなっていた。

「兄さんたちはそうかもしれない。でも、ぼくはちがう」

「フフン！」

「なんだよ、フフンって。兄さんたちは力だってなんだってあるんだ」

「それがどう関係あるっていうの？」

「だから、ぼくみたいにやせっぽちで弱くないってこと」

「弱いことと、体重が軽いか重いかとは、関係ないでしょ」

ルビーは一瞬《いっしゅん》、間を置いた。

「もちろんお兄さんたちはスポーツができて、重いものを持てるかもしれないけど、だから強いということにはならないわ。強さにはいろんな種類があるの。それに、勇士になることと体の大きさとは、なんの関係もない。体の小さい勇士も、これまでにいたはずよ」

ヴァージリオは「パウリートと密林《みつりん》のドラゴン」の話を思い出した。ロラのお気に入りの話だった。そのあと、ワニや岩が子どもを食べる話ばかりするようになったけれど。パウリートの話のほうがずっと幸せな結末だった。

「パウリートの話、してちょうだい」

とルビーが言った。

「どうしてぼくの考えてることがわかったの？」

「聞いていたから」

「何も言わなかったんだけど」

「それがどうだっていうの？　お話を聞かせて。お話って大好きよ」

ヴァージルは自分に話がうまく語れるとは思わなかったが、頭の中にパウリートのかけらをすべて集めて、知るかぎりいちばんいいやりかたで語りはじめた。つまり、物語のはじまりから。

「パウリートは背《せ》が三センチしかなかったけど、王さまになりたかったんだ。よくばりだったからじゃなくて、村の人たちがどうでもいいささいなことで、けんかばかりしていたから」

ヴァージルはロラがそのとおりの言い回しをしたのを覚えている。「どうでもいいささいなこと」の意味をたずねたら、「家が火事になったとき、逃《に》げる前に、枕《まくら》をまっすぐに直すことだよ」とロラは教えてくれた。

「だれもがパウリートを笑った。三センチしかない男に村が治められるかと。みんなはすっかり気が高ぶって、またけんかをはじめたんだ」

ガリヴァーがキイッと鳴いたので、ヴァージルはタンポポをあげた。でもいっぺんに一本しかあげなかった。食べ物の配分を考えなくてはならない。ヴァージルは自分もタンポポを食べなくてはいけないだろうかと考えた。食べたらどうなる？　タンポポの毒で死ぬ？　それに、水は？　水なしでどのくらい生きられるだろう。

ヴァージルはのどに手をやった。急にのどがかわいてきた。

「それでどうなったの、バヤニ？」

ルビーがうながした。

「まさかそれで終わりじゃないわよね」

「あ、ごめん」

ヴァージルは手をおろし、ガリヴァーの耳のうしろをかいた。

「物語を語るのはうまくないんだ。ロラとちがって」

ロラのことを考えると、胸《むね》がうっと苦しくなった。まるで体の中に百万の涙《なみだ》のつぶがあって、外に出たがっているかのようだった。今ごろ、ロラは何をしているだろう。洗濯物《せんたくもの》をたたんでいる？　シャツにアイロンをかけている？　庭の草とりをしている？　母さんがバナナを買いすぎたと文句《もんく》を言っている？　いずれにしても、自分の語った物語のひとつが、ついに現実《げんじつ》になったとは思っていないだろう——井戸《いど》が孫息子《まごむすこ》を食べてしまったとは。

「語ってみて」

とルビーが言った。

ヴァージルはつばを飲みこんだ。

「村人たちがけんかをしている間、パウリートは浜辺《はまべ》の砂《すな》つぶを集めたんだ。いっぺんにひとにぎりしか運べなかった。みんなはけんかに夢中《むちゅう》で、パウリートがしていることに気づかなかった。やがて大きな船がやってきて、村に攻《せ》めこもうとした。でも、村に入れなかった。なぜなら、パウリートがすでに、とりでをつくっていたから。ひとにぎりずつ集めた砂つぶで」

ルビーはすこし待ってから口をひらいた。

「それで？」

「それで、みんなはパウリートを島の王さまにした。それまでで最高の王さまになったんだ」

おさえつけられていた百万個《こ》の涙《なみだ》のつぶが、せりあがってくる。

ヴァージルはロラに会いたくてたまらなくなった。

「ぼくは勇士じゃない。パウリートじゃない。パウリートなら、ブルからかくれたりなんかしないよ。勇気があるから。こわいなんて思わない」

「こわいと思っていないなら、勇気があるとは言わないわ」

「うん、でもぼくは何もしてない。まったく戦わない」

「戦う方法はいろいろあるの。もしかしたら今までは、準備《じゅんび》ができていなかったのかもしれない。でも、つぎのときには、きっと準備ができているわ」

「つぎのときなんて、来てほしくない」

「わたしの大事なバヤニ」

ルビーは言った。

「つぎのときは、かならず来るものよ」

バヤニというのは英雄《えいゆう》という意味だ。ヴァージルはやっと思い出した。深くて暗い井戸《いど》の静けさの中にすわりながら、急にいろいろなことを思い出した。たとえばある日、両親と数学の先生に、これからは毎週木曜日に通級指導《しどう》教室に行きなさいと言われたときのこと。きっかけは、かけ算の九九だった。

その日、リントン先生とむかいあい、両親にはさまれて、すわり心地の悪い椅子《いす》に腰《こし》かけながら、ヴァージルは上《うわ》の空《そら》だった。自分がなぜ「特別」なのか、こまかい説明を聞くかわりに、「かけ算の九九」を意味する「マルティプリケーション・テーブル」という言葉から連想《れんそう》を広げていた。永遠《えいえん》に終わらない組立ラインで、テーブル――〈イケア〉で売っているようなもの――が自己増殖《じこぞうしょく》して上へ上へ上へとつみあがっていく。そして自分はそのいちばん下あたりに立って、背中《せなか》をそらし、イケアの山のてっぺんを見ようとしている。だけど、見えない。なぜなら、自分が「特別」だからだ。

リントン先生はヴァージルと両親に、通級指導教室に行けば個別《こべつ》に見てもらえる時間がふえると言った。ヴァージルにとくに問題があるわけではありません、と先生はすかさずつけくわえた。

そのとき、ヴァージルはこう思っていた。そんなのは、うそだ。問題はある――ぼくはかけ算ができない。かけ算には正しいやりかたとまちがったやりかたがある。もし正しいやりかたをしていたなら、ぼくは今ごろここにいないはずだ。

でも、ヴァージルは口をつぐんでいた。

どのみち、通級指導教室に行くのはいやではなかった。べつにリントン先生とものすごく馬が合うわけでもない。個別の時間が必要だと思われたなら、それでいっこうにかまわない。どうせ自分がときどき教室からいなくなっても、だれも気づかないだろう。

それに行ってみたら、ヴァージルにとって、その学年度で最高の一日になった。なぜなら、はじめてヴァレンシアを目にしたから。

ヴァレンシアは紫色《むらさきいろ》のシャツを着ていた。髪《かみ》は完璧《かんぺき》に二本の三《み》つ編《あ》みになっている。ジーンズのすそに土がついていて、腕《うで》には日記帳をかかえている。ヴァージルは中身を読みたくてたまらなかった。そしてときどき考えた。もし、ヴァレンシアが日記帳を机《つくえ》に置《お》き忘《わす》れたら、自分はこっそりのぞいてみるだろうか。それとも、善《よ》き人間として、ほかの人がのぞかないように見はるだろうか。後者のほうだといいなと思った。それでも、ヴァレンシアが何を書いたりスケッチしたりしているのか、心から知りたかった。自分でも日記帳がほしくなった。もしかしたら自分にも、まだ気づいていないだけで、言いたいことがあるかもしれない。

「今ここに日記帳があったらいいのに」

暗闇《くらやみ》にむかってつぶやいた。

「そうしたら家族に別れの手紙を書くのに。といっても、家族が見ることは絶対《ぜったい》にないけど」

「紙がなくても手紙は書けるわ」

ルビーが言った。

「頭の中で書けばいいのよ」

「どういう意味?」

「目をつぶって口をとじて、自分の思いを、宇宙《うちゅう》をとおして送るの」

「でも、家族はどうやって思いなんか受けとれるの?」

「感じとるのよ。そうだと気づいていなくてもね。ねえ、何かの予感がすることってない?」

ある。たとえば学校で、ブルが近くにいるのを感じることがある。姿《すがた》は見えなくても。ヴァレンシアでもそういうことがある。

「それは、宇宙が手紙を届《とど》けてくれるからよ」

とルビーが言った。

ヴァージルはロラのことを考えた。ロラは、ヴァージルが何を思っているのか、いつもわかるようだった。もしかしたら――わからないけれど――今ヴァージルが困《こま》っているということを、ロラは感じとっているかもしれない。

「ロラはたくさん手紙をもらっていると思う」

とヴァージルは言った。

「だれだってみんな、もらっているわ」

ルビーがこたえる。

「ただ、手紙をあけるのが得意かどうかってことよ」

29

ヴァレンシア

四十八時間前、わたしは自然観察をしているただの女の子だった。それが今は霊能者《れいのうしゃ》といっしょに、知らない男の子が行方不明なのかどうかたしかめるために、その子の家にむかって歩いている。人生って不思議だと思わない？

ヴァージルの家は、カオリが言っていたとおり、きれいな住宅街《じゅうたくがい》にあった。このあたりの家はうちの近所にくらべて倍くらい大きい。カオリにそう言うと、「そうそう、お父さんが医者だから」とだけ言った。そして、そんなことは今どうでもいいでしょというように、手ではらいのけるようなしぐさをした。カオリの言うとおりかもしれない。わたしは見たままのことを口にしただけ。

じつを言うと、このあたりの大きな家にはなんだか圧倒《あっとう》される。すでに緊張《きんちょう》してきた。わたしは恥《は》ずかしがり屋ってわけじゃないけど、知りもしない人の玄関《げんかん》をノックするのは、さすがに気が引ける。でもカオリに念おしされていた。もしヴァージルの両親やロラが、ヴァージルがカオリといっしょにいると思っているのに、実際《じっさい》にはべつのこと――してはいけないこと――をしにいっていたとしたら、大問題になるかもしれない、と。

「ヴァージルはそんなことをしていないとは思うけど」

ヴァージルの家のある住宅地にむかっているとき、カオリはそう言っていた。

「してはいけないことをしにいくタイプじゃないから。約束をすっぽかすタイプじゃないのと同じで。でも、わからないでしょ。人間というのは謎《なぞ》だから」

というわけで今、ヴァージルの家のすぐとなりの通りまで来ている。カオリが止まるように言った。ユミとふたりで、まるで極秘《ごくひ》ミッションに出かけるスパイを見るように、すごく真剣《しんけん》な目でこっちを見る。

「あなたがすることはね」

カオリが口をひらく。

「玄関《げんかん》をノックして、ヴァージルはいますかってきくの」

「くわしい説明ありがとう」

わたしはこたえた。

ユミが口をおおってクスクス笑うと、カオリはさっとにらみつけた。

「まじめに言ってるんだから。ヴァージルのおばあちゃんは感覚がするどいの。あの人は、わたしたちの仲間だと思う」

カオリは「わたしたち」と言うとき、それが「霊能者《れいのうしゃ》」の意味だとわかるように、胸《むね》に手をあてた。

「ヴァージルがいなかったら、お礼だけ伝えて、またあとで来ますって言えばいいの。そうすれば、何があったのかすこしはわかると思う」

「それで、家にいたらどうするの？」

すでにきまりわるさに体がほてってきた感じがする。これが女の子の家だったらこんなに緊《きん》張《ちょう》しないかもしれないけれど、高級な住宅街《じゅうたくがい》に住む男の子だと思うと、おなかがへんな感じがして、気持ちが悪くなってきた。ふだんから男の子とそんなに話さない。まして、家になんか絶対《ぜったい》に行かない。

「そうしたら、わたしたちがいるから出てきてって言えばいいから」

カオリはわたしの肩《かた》ごしにちらっと家を見た。

「ここで待ってる」

ユミがわたしの腕《うで》をぽんとたたいて、にこっと笑った。

「心配しなくてだいじょうぶだよ。ヴァージルはこわくないから。すごくいい人だよ。それに恥《は》ずかしがり屋だから。さっきも言ったけど。ヴァージルはね、ラットを飼《か》ってるんだよ」

ユミはなわとびのロープの両はしをひっぱってほぐした。ロープは熱いコンクリートの上に広がってから、ユミのスニーカーの先あたりにたれさがった。

「ほんとに?」

とわたしは言った。

これは意外な展開《てんかい》。たいていの人はラットをいやがるけど、ペットにはむいている。ラットは頭がよくて好奇心《こうきしん》がある。そして積極的に遊んだり冒険《ぼうけん》したりする。ペットのラットがいたらいいのに。でも、そんなこと両親には絶対《ぜったい》に言わない。どんな顔をするか想像《そうぞう》がつくから。カオリがわたしの肩《かた》をぽんとたたいて、ふりむかせた（カオリは〈話しかた〉がすごくうまい）。同時に、ユミを軽くおしやった。

「ラットじゃなくて、モルモット」

「わあ、モルモット大好き！」

わたしは声をあげた。

「むかし、小さいとき飼《か》ってたんだけど、死んじゃったの。リリパットっていう名前だった」

リリパットのことをひさしぶりに思い出した。毛が長くて、いろんな色が混《ま》じりあっていた。うす茶、こげ茶、黒。小さいころだったから、どこで手に入れたのかは覚えていないけど、干《ほ》し草《くさ》を食べさせたり、ケージ内のボトルの水を飲むのを見たりした記憶《きおく》はある。わたしが幼稚《ようち》園《えん》に行っている間に死んでしまった。家に帰ったときには、パパがすでに庭にうめたあとだった。わたしは泣いた。お別れを言えなかったから。

「リリパット！　かわいい名前だね」

ユミがなわとびをとぶ体勢《たいせい》になりながら言った。

リリパットは『ガリヴァー旅行記』という本に出てくる島の名前。本では、船医のレミュエル・ガリヴァーが、船が難破《なんぱ》したあとに、いろんな島を冒険《ぼうけん》する。最初に行く島がリリパットで、そこの人たちは身長が二十センチもない。お話も好きだったけど、名前はもっと好きだった。リリパット。まさに小さい人たちが住んでいる感じのひびき。

ユミにその話をして、ヴァージルのモルモットの名前をきこうとしたとき、カオリがわたしのうしろにある家にむかって手をふりはじめた。

「急いで、急いで。何があったのか、つきとめないと」

「はいはい、わかったから」

わたしは向きを変えて、家へと歩いていった。できるだけなんでもなさそうに、緊張《きんちょう》しているのがばれないように。

家の私道《しどう》には車が一台も停まっていない。留守《るす》なのかな。

玄関《げんかん》へつづく石の小道を歩いていく。大豪邸《だいごうてい》とは言わないまでも、かなり大きな家だ。二階建てで、車が三台入る車庫がある。玄関のドアには馬蹄《ばてい》の形のノッカーまでついている。それを持ちあげ、三回ドアをノックして、待った。自分のバッグのひもをいじる。五秒くらいたったから、だれもいないんだと思った。ある意味ほっとしたけれど、考えてみたら、本人がいてくれたほうがよかった。それなら、カオリの友だちが無事で元気だってわかるから。

そのとき、ドアがあいた。すぐにロラ――「おばあちゃん」という意味だとカオリが言っていた――だとわかったのは、百歳《さい》くらいに見えたから。小柄《こがら》で、わたしより背《せ》が低くて、ものすごくやせている。にこりともしない。べつにいじわるそうではないけど、やさしそうでもない。わたしの補聴器《ほちょうき》のほうを見たけど、一瞬《いっしゅん》だけだった。

「あの、ヴァージルはいますか？」

ロラはうまく聞きとれなかったかのように、あごをあげた。手はまだドアノブをつかんでいる。

「ヴァージル？」

とロラが言った。

一瞬、名前をまちがえてしまったかと、心配になった。もしかしたらヴァージルという名前ではなかったのかも。パズルをまちがって組み立ててしまったのかも。

「はい？」

こたえたつもりが、疑問文《ぎもんぶん》のようになってしまった。

「いや、ヴァージルはいないよ。今朝《けさ》、出かけていった。あなたの名前は？」

胸《むね》と首すじが熱くなった。

「わたしの名前？」

バカみたいに聞きかえす。

「そうだよ。あなたが来たって、伝えるから」

「ああ」

わたしはせきばらいした。

「わたしの名前は……えー、ヴァレンシアです」

「エー・ヴァレンシア？」

わたしをからかっているのか、いじわるで言っているのか、はじめは見分けるのがむずかしかった。でも、やがてロラの目がやさしくなって、にこにこ笑った。

「あなたのことを待っていたんだよ」

「そうなんですか？」

「まあ、何かがおこるとは思っていたよ」

もっとふつうのことを言われるつもりでいた。「来てくれたことを伝えておくよ」みたいに。だから、返事に困《こま》ってしまった。

「お母さんはすばらしい名前をさずけてくれたんだね」

ロラがつづける。

「ヴァレンシア大聖堂《だいせいどう》というのは、世界でも有数の大聖堂なんだよ。スペインにあってね」

「へえ、知りませんでした」

「お母さんはごぞんじかもしれないね」

「知らないと思います」

「ふーむ」

ロラは考えこむような顔をした。

「それなら、教えてあげるといいよ。りっぱな力強い名前を選んだってね」

「きっともうわかってると思います。自分の決めたことにうたがいを持つような人じゃないから」

ロラは笑った。笑うと顔じゅうがしわくちゃになった。高笑いする魔女《まじょ》に見えなくもないけど、いやな感じはしなかった。

「お母さんのこと、気に入ったよ」

そう言われて、思わずにっこりしたけれど、どうしてだろう。うちのママほど、いらいらさせられる人なんて、この世にいないのに。

「ヴァージリオはあなたの電話番号を知っているのかい？　帰ってきたらタイプを打つように伝えるよ」

ロラが携帯《けいたい》電話を指でたたくようなしぐさをしたから、メッセージのことだとわかった。はいとこたえておけばよかったのに、「いいえ」と本当のことを言ってしまった。気づくと、家に入るようにロラに手まねきされていた。わたしの電話番号をメモするらしい。カオリとユミのほうをふりかえって、どうしようと肩《かた》をすくめた。ふたりとも遠くにいるから、表情《ひょうじょう》まで見えない。ユミはなわとびをとんでいる。しかも、かなり高速で。

外がどんなに暑かったのか、ヴァージルの家に入って、エアコンのブーンというすずやかな風を感じるまで気づかなかった。ロラはわたしの前に立って、広いキッチンへ通してくれた。

わたしはドアをしめて、ついていった。ロラは引き出しの中をかきまわした。口もとが動いているけど、こっちではなくて引き出しを見ているから、何を言っているのかわからない。目の前にいる人ではなく、引き出しにむかってしゃべる人が多いのって、不思議だと思う。かがみこんでロラの顔をのぞきこみたくはない。そんなことをしたら、へんだから。それで顔をそむけて、さりげなく、壁際《かべぎわ》の大きな本棚《ほんだな》を見た。といっても、本のほうはあまり見なかった。かわりに、額縁《がくぶち》に入った家族写真を見つめた。写っているのは六人。そのうち四人は笑っている。にっこりかがやく完璧《かんぺき》な笑顔。ふたりは笑っていない。そのひとりはロラ。わずかに顔をしかめ、撮影《さつえい》を早くすませたがっている感じ。もうひとりは男の子だ。厳密《げんみつ》にいうと、顔をしかめているわけではない。つくり笑いをしようと努力しているけど、そこまでエネルギーがない感じ。これがヴァージルだと、ピンときた。カオリが男の子の説明をしてくれたとき、見覚えがある感じがしたわけもわかった。

わたしはこの男の子を知っている。

顔の記憶《きおく》をたぐると、すぐにわかった。

この男の子は、わたしと同じように、毎週木曜日に通級指導《しどう》教室に来ている。しゃべったことはないけど、いい人そうだ。静かで。

急にロラに肩《かた》をたたかれて、飛びあがりそうになった。わたしって、こんなに神経質《しんけいしつ》だったっけ？

「聞こえてたかい？」

ロラはペンと紙切れを、わたしの顔の前でふっている。

ロラはわたしに名前と電話番号を書くように言っている。

「いいえ、すみません」

わたしは補聴器《ほちょうき》に手をやった。

「ふるさとの村に、耳の聞こえない女の子がいたんだよ」

ロラが言った。わたしが名前と番号を書いて紙切れを返したあとに。ヴァージルはそんなものを受けとったら、きっととまどうと思うけど、しかたない。すんだことはすんだこと。

「みんなはその子がそばにいても、いないかのようにしゃべっていた。わからないと思ってね。どうせ聞こえないから、秘密《ひみつ》をかくすことなんかないってね。だけど、その子は全部聞いていたんだよ」

ロラは身を乗りだして、右目のふちのしわを軽くたたいた。

「目で聞いていたのさ」

その女の子はいったいどんな秘密《ひみつ》を知ったんだろう。

「わたしも目で聞いてます」

「そうだね。そうだろうと思ったよ」

ロラはウィンクした。

30
スマウグ

棒《ぼう》にはいろんな使い道がある。だからこそ、チェットはこれほど棒が好きだった。棒を使えば、つついたり、たたいたりできる。武器《ぶき》のようにふりまわすこともできる。そして、何よりも大事なのは――さしあたって今日は――ヘビをさがしだせることだ。

まだヘビの皮はひとつも見あたらない。デイビーズをつれてきて、どこで見つけたか指さして教えろ、と言えばよかった。そうすれば、はっきりわかったのだ。だが、チェットは実際《じっさい》にヘビをつかまえたとき、ほかの人といっしょにスポットライトを浴びたくはなかった。名誉《めいよ》は自分だけのもの。ひとりじめにしたい。

このあとのことを、チェットは頭の中で思《おも》い描《えが》いた。まず、のたくるヘビを入れた枕《まくら》カバーの口を結ぶ。そして、勝ちほこった賞金稼《しょうきんかせ》ぎのように、袋《ふくろ》のヘビを持って帰る。ペットにしたいと言いはって、ヘビが水槽《すいそう》の中でとぐろを巻《ま》いたら、デイビーズを家に呼《よ》んで、自分が素《す》手《で》でつかまえたものを見せてやる。そして、そのとおりに言ってやるのだ。「こいつを素手でつかまえたんだぞ」と。

家の中でヘビを飼《か》うことを両親がどう思うかはわからない。たぶん母親は言いくるめられる。どんなことでも、たいてい言いなりになってくれる。とくに父親が賛成《さんせい》したことなら。ただ、父親がヘビをどう思うかはわからなかった。父親にはこわいものはないと思いたいが、だれにだって弱点はある。自分にだって。口がさけても明かすつもりはないが、自分より勇気がある人間なんて知らないのに、チェットは犬がこわいのだった。もちろんチワワのようなチビ犬はこわくない――そんなのはヘビのえさにしてやる。なんてことない。そうではなく、大きな犬を見ると不安になるのだ。

ほかにもいくつかこわいものがある。たとえば、バスケットボールのチームに、どんなに練習をしても、入れないかもしれないこと……。すでに野球のリトルリーグは挫《ざ》折《せつ》した――ボールを一度も打てなかった――ボイド中学校にはアメリカンフットボールのチームがないから、それは高校まで待つしかない。だから、アスリートになるには、なんとしてもバスケットボールのチームに入るしかないのだ。「秀《ひい》でたものがない人間は価値《かち》がない」というのが、父親のお気に入りの口癖《くちぐせ》なのに、チェットは何をやっても打率《だりつ》は人並《ひとな》みでしかない。バスケットボールが、それを変えてくれるかもしれない。

あるいは、ヘビが。

だから、両親がヘビを飼わせてくれなかった場合の代案も考えていた。

父親にたのんで、ヘビを両手でかかえている写真を撮《と》ってもらうのだ。漁師《りょうし》がでかい獲物《えもの》を釣《つ》りあげたときのような構図《こうず》で。そしてその写真をデイビーズに送って、気の利《き》いたひとことをつけくわえる。「ヘビの皮を見つけたって？　もう一度、話を聞いてやるよ」とか。

チェットは頭の中で気の利いたひとことをいくつもひねりだしながら、棒《ぼう》と枕カバーを持って森を歩きまわった。地面を見まわし、ヘビがいそうな場所をさがす。うっそうとしたしげみなら、ヘビがかくれやすそうだ。

「でも、おれからはかくれられないぞ！」

チェットは大声をあげた。ヘビに言葉が通じるかのように。

つかまえたヘビにどんな名前をつけようかと考えた。ヘビにふさわしい名前はなんだろう。

殺し屋？　いや、そんなのは幼稚《ようち》だ。コブラ？　それではあたりまえだ。

「うーん」

チェットは木の根もとにこんもりつもった落ち葉を棒《ぼう》でつきさしながら、つぶやいた。

「スマウグはどうだろう」

そうだ、スマウグがいい。おそろしそうだし、ヘビらしい。スマウグは『ホビットの冒険《ぼうけん》』という本に出てくる竜《りゅう》の名前だ。竜ならヘビの親戚《しんせき》のようなものだろう。

落ち葉の中からは何もはいでてこなかった。チェットは歩きながら、大声をあげつづけた。

「スマウグ！　出てこいよ、スマウグ！」

子ネコでも呼《よ》ぶように。落ち葉や小枝《こえだ》の山を見かけるたびに、棒でついたりたたいたりして、スマウグを呼んだ。チェットの心臓《しんぞう》はドキリともしなかった。これほど動じないやつはいない。

そのとき……。

シュー ッ。

葉っぱの奥《おく》から、何かがすれるような音がした。あのヴァレンシアという女を見たときに聞こえたのと同じように。チェットは立ち止まり、あたりを見まわした。音の出どころがわからない。それに、もう聞こえなくなってしまった。

とつぜん、はっきりと、見られているような感じがした。だれかに。それとも、何かに。

「だれ？」

チェットは言った。声が弱々しく聞こえたから、もうすこし力をこめた。

「だれか、いるのか？」

返事はない。

あの耳の聞こえない女が、木々のうしろにかくれているとしたら？

そして、チェットに呪《のろ》いをかけているとしたら？

チェットは待った。

何もおこらない。チェットは白目をむいてみせてから、つぶやいた。

「ふん、なんだよ」

葉っぱの中を棒でつつくと、何かが聞こえた。今度は地面からだ。チェットは動きを止めた。

もう一度つつく。

さらに一歩近づくと、スニーカーの先が葉っぱの山にふれた。この葉っぱの中で、何かが動いたのはまちがいない。アドレナリンがどっと体じゅうを流れる。両腕《りょううで》にいっせいに鳥肌《とりはだ》が立った。外の気温は何万度もあるのに。

棒《ぼう》を強くにぎりしめ、葉っぱをどんどんかきわける。

そこに何かがいるとは思っていなかった。もちろん、ヘビさがしをしてはいたが、もう何時間も前からやっていたから、たんにいきおいでつづけているようなものだった。もはやスマウグを見つけるつもりはなかったことに、自分でも気づいていなかった。実際《じっさい》に見つけるまでは。

ヘビはすぐに首を持ちあげた。太さは庭に水をまくホースくらいだが、それほど長くない。

その瞬間《しゅんかん》、チェットはヘビについてほとんど知らないことに気づいた。どうつかまえるかはわかる——もちろん、しっぽをつかむのだ。そうすればヘビの口もとに手を近づけなくてすむ。だがこのヘビに毒があるのか、わからない。こんなに小さくても、毒ヘビの可能性《かのうせい》はある？　どうやったらわかる？　調べておけばよかったが、もうそんなひまはない。携帯《けいたい》電話を引っぱりだしてグーグル検索《けんさく》している場合ではないのだ。スマウグの目がチェットを見つめている。これは千載一遇《せんざいいちぐう》のチャンスだ。ヘビは姿《すがた》をあばかれ、つかまるのを待っている。やるなら今だ。

チェットの心臓《しんぞう》がとどろいた。

「アドレナリン」

チェットはつぶやく。

「恐怖《きょうふ》じゃないぞ。アドレナリンだ」

ヘビは何もしていない。ただこっちを見ている。シューッと音を立ててもいない。相撲取《すもうと》りのように左右に体をゆらしてもいない。じっとしている。首を持ちあげたまま。まるで拾いあげて、なでてもらいたそうに。ペットにしてもらうのを待っているかのように。

まるで運命のように。

チェットは棒を投《な》げ捨《す》て、枕《まくら》カバーの口を広げた。芝居《しばい》がかった身ぶりで一気に。

深く息を吸《す》いこんで、近づく。身を乗りだしたとたん、ヘビがさっと頭をひいた。チェットがやみくもにヘビのしっぽをつかんだため、スマウグにはじゅうぶんな時間と空間のよゆうができ、すみやかな動きでまわりこんできて、ブルの赤らんだ太い右腕にかみついた。

子ネコの爪《つめ》がささったような感触《かんしょく》だった。なぜ知っているかというと、いとこがタチの悪いネコを飼《か》っているからだ。だが、ネコとヘビは決定的にちがう。だから、チェットはすぐにスマウグを手離《てばな》して、わめき声をあげた。五分以内に死ぬのは確実《かくじつ》だ。

腕《うで》はみるみるピンク色になった。肌《はだ》が焼けるようだ。毒が血管《けっかん》をめぐって心臓《しんぞう》をおそうさまを思いうかべる。自分の死体をだれが発見するだろう？　あの耳の聞こえない女？　あのウスノロ？　ふたりとも、自分がなぜ死んだのかわかるだろうか？　発見するのがだれであれ、自分が獰猛《どうもう》な爬虫類《はちゅうるい》と生死をかけて戦ったすえに死んだことを知ってほしかった。

腕をかばいながら、その腕をじっと見る。枕《まくら》カバーはしわくちゃになって、空気のぬけた風船のように葉っぱの上に落ちている。急に、スマウグがいないことに気づいた。スマウグは姿《すがた》を消している。チェットは攻撃《こうげき》の現場《げんば》から五、六メートルほど離《はな》れて歩きまわりながら、ヘビをさがした。それから、がっしりしたマツの木の根もとにすわりこみ、死ぬのを待った。

31

予測のつかないできごと

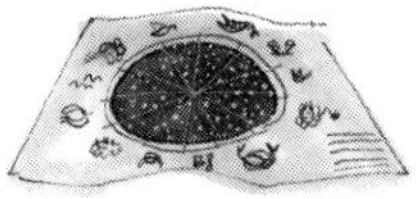

「ヴァージルが家にいないってことは、トラブルに巻《ま》きこまれたのよ。これではっきりした」

カオリが言った。

「儀式《ぎしき》をおこなわないと」

ヴァージルの家からもどった三人は、タナカ家の居間《いま》の床《ゆか》にすわりこみ、つぎの行動計画を話しあっていた。テレビもつけたから、ユミはそっちに気をとられていた。そのほうがつごうがいい、とカオリは思った。生死にかかわる場面で、子どもの知恵《ちえ》など、だれが必要とするだろうか。

〈ただのルネ〉はテレビのほうを見て顔をしかめた。

「テレビの音がすると、話が聞きとりづらいの。何もかもごちゃごちゃになって」

耳のまわりで手をくねくね動かしてみせる。それが「ごちゃごちゃ」を表す万国共通語であるかのように。

「だから音量をさげてもらってもいい？」

カオリは妹をにらんだ。

「音を小さくして！」

ユミは音を消したが、画面から目を離《はな》さなかった。

「儀式《ぎしき》がどうとかって言った？」

ルネがカオリにたずねた。

カオリはまじめな顔になった。背《せ》すじをのばし、ひざの上で両手を組む。

「失われしものの儀式」

重々しい口調で言う。

「わたしたちがヴァージルを見つけだすための儀式のこと。でも、ここではできない。森に行かないと。儀式は、わたしたちが自然と一体にならないとうまくいかないの。ここじゃあ、ぜんぜん自然じゃないから」

テレビのほうに手をむけた。

壁《かべ》の時計――ひどくみっともなくて実用的な代物《しろもの》だとカオリは思っている――は午後二時十九分を告げていた。いなくなってどのくらいたった人のことを、行方不明と言うのだろう。それほど長い時間はたっていないけれど、三時間十九分の間にいくらでも悪いことはおこりうる。

カオリは〈ただのルネ〉に、こうきかれることを予想《よそう》した。失われしものの儀式って何？じつを言うと、カオリにもわかっていなかった。才能《さいのう》ある霊能者《れいのうしゃ》が、なくした物やいなくなった人を見つけるのに役立つ、正式な儀式があるはずだとは思っていた。ただ、それがどんなものかがわからない。しかたがない。やっているうちに、わかるだろう。先祖《せんぞ》たちが導《みちび》いてくれるはずだ。

「こまかいところまで説明している時間はないの」

カオリはすばやく立ちあがり、妹のほうにパチンと指を鳴らした。ユミは顔をこっちにむけたが、目はテレビにくぎづけだ。

カオリはため息をついた。まったく、ユミは役に立つより、わずらわしいことのほうが多いんだから。テレビというものはあまりにも実用的で保守的《ほしゅてき》で平凡《へいぼん》で、タナカ家の娘《むすめ》たちにはふさわしくないと説明してあげたのに、ユミにはちっともわからないようだ。

「ユミ、お母さんの秘密《ひみつ》のマッチをとってきて。これから森に行くから」

タナカ家の母親は、電子レンジの下にある引き出しの二段《だん》めにマッチ箱を入れていた。秘密のタバコに火をつけるときに使う。娘たちにはかくしているつもりだった。さもありなん。

「わたしにはかくしごとはできないからね、お母さん」

カオリはそう伝えたことがある。

「わたしは霊能力《れいのうりょく》を受けついでいるんだから」

「だれから受けついだっていうのよ？」

と、そのときお母さんは言った。

「そんなことにちょっとでも興味《きょうみ》のある人なんて、どっち側の家族にもいないのに」

タナカ家の母親は、血筋《ちすじ》や前世には興味がなかった。何世代もさかのぼった、だれも知らないようなころのことには。カオリは自分が生まれるところをこう思《おも》い描《えが》く。ラベンダーの花畑から起きあがり、髪《かみ》は黒く、前世での不正に対するいきどおりに満ちている。その前世はふたつあった。

カオリが最初にこの地球の上を歩いたのは、古代エジプトでだった。なぜわかるかというと、夢《ゆめ》で見たからだ。ピラミッドの間をすべるように歩く、真っ白な長いローブをまとった自分の姿《すがた》を見た。これは、かつて実際《じっさい》にピラミッドの間を歩いたということ以外に、説明がつかないだろう。

二番めの生では、バングラデシュの自由の闘士《とうし》だった。なぜわかるかというと、一度テレビのドキュメンタリー番組をちらっと目にしたからだ。バングラデシュの映像《えいぞう》が流れたとき、どういうわけか、ものすごく見覚えのある感じがした。父親にチャンネルを変えられなければ、もっとくわしいことがわかったかもしれない。カオリは自分の前世の罪《つみ》をさぐるのにそのドキュメンタリー番組が重要だと説明しようとしたが、父親は、今は「三月の熱狂《ねっきょう》」の時期で、NCAA《エヌシーエーエー》（全米大学競技協会）のバスケットボール・トーナメントをやっている間は、前世の罪はあらわれないと言いはった。

けれど、いくら両親が、カオリのかくされた血筋や魔術的《まじゅってき》で神秘的《しんぴてき》な力について知らないからといって、それが存在《そんざい》しないことにはならない。それに、両親は以前からおそろしく想像《そうぞう》力《りょく》に欠けていた。喫煙《きつえん》のこともそうだ。タナカ家の母親は裏《うら》のポーチで週に一、二本タバコを吸《す》うけれど、カオリの部屋の窓《まど》が風下にあることは考えに入れていなかった。つまり、煙《けむり》は〈精霊《せいれい》の部屋〉の目の前をただよっていくのだった。

なんたる無知。

ユミはすぐにマッチをとりにいこうとはしなかった。なるべく時間をかけて立ちあがり、番組を最後まで見ようとした。ようやく動きだしたのは、カオリがまた指を鳴らしてからだった。

「命を救う任務《にんむ》はコマーシャルなんて待ってられないの！　それに急がないと、タナカ夫妻《ふさい》が帰ってくるでしょ」

〈ただのルネ〉がバッグを肩《かた》にかけてさっさとドアへむかっても、ユミはまだもたもたと足を引きずっていた。カオリは母親のキャンドルホルダーからはなやかなキャンドルを一本ひっこぬいて、うしろのポケットに入れると、〈ただのルネ〉につづいて外に出た。

玄関《げんかん》のドアがあいたあとは、ユミもすばやく動きだした。なわとびのロープをつかんで、肩にかける。

「そんなもの持ち歩いてどうするの？　木の間をなわとびしていくわけじゃないんだから」

とカオリは言った。

「いつ、なわとびしなくちゃならなくなるか、わからないもん」

とユミがこたえる。

カオリはあきれたように目を上にむけた。

「まったく。あんたって謎《なぞ》」

カオリが妹からマッチを受けとると、三人は焼けつくような日ざしの中へ出ていった。

「暑いね。ねえ、目玉焼きをつくろうよ」

とユミが言った。

以前どこかで、うんと暑ければ、自動車やコンクリートの上で目玉焼きができると聞いたことがあって、それ以来カオリをせっついているのだった。

「理科の実験なんかしてるひまはないの」

カオリは玄関に鍵《かぎ》をかけ、その鍵をポケットの奥《おく》におしこんだ。〈ただのルネ〉はすでに道路にむかって数メートル先を歩いている。

「たまごを割《わ》るのなんて、二秒しかかからないよ」

「こんなときに、なんでたまごのことなんか考えられるの?」

カオリとユミは〈ただのルネ〉を追いかけた。ルネはタナカ家の郵便受《ゆうびんう》けのそばで待ってい
る。

「ヴァージルはきっとだいじょうぶだよ。忘《わす》れちゃっただけじゃない? ねえ、最悪、何があ
ったと思う?」

とユミがきいた。

「その答え、聞きたくないと思う」

カオリは言った。

「わたしたち、どこに行くの? 具体的に言うと」

と〈ただのルネ〉がたずねた。

「そうだよ。マッチとキャンドルを持って、どこに行くの? 具体的に言うと」

ユミも言う。

カオリは歩みを止めずに、まっすぐ前を指さした。兵隊を戦場にひきいる将軍《しょうぐん》のように。

「あっちよ」

三人で横にならんで道路をわたり、森に入ると、ユミがルネのそでを引っぱった。

「ねえ、補聴器《ほちょうき》って痛《いた》い？」

「ときどきかゆくなったり、耳がちょっとへこんだりするの。そうすると、ちょっと痛い」

ルネがこたえた。

木々がありがたい日陰《ひかげ》をつくって、暑さから守ってくれた。カオリはまわりをじっくり見ながら考えた。森の中に入ったことはあまりない。じつを言うと、気味が悪いと思っている。森の中では、予測《よそく》のつかないことがおこる。動物がかみついたり、枝《えだ》が落ちたり、虫がさしたり。何がおこるかわかっている、快適《かいてき》な家の中のほうがいい。でも、ほかに選択肢《せんたくし》があるだろうか？　ソファのクッションの下にかくれているヴァージルを見つける、なんてことにはならないのだから。

「補聴器があるなら、どうしてくちびるを読まないといけないの？」

とユミがきいた。

三人の足もとで小枝がパキパキと音を立てる。

「補聴器をつけても、なんでもはっきり聞こえるわけじゃないの。みんなのようにはね。だから、聞こえた音を、くちびるの形にあてはめるの。パズルみたいに」

ルネは視線《しせん》をユミから森へとうつした。

「それから今度は、音と形をまわりの状況《じょうきょう》と合わせるの。くちびるの形が同じに見える言葉がいっぱいあるから。たとえば、『マット』と『マッド』、『パット』と『パッド』みたいにね」

「生まれたときから聞こえなかったの？」

「ううん。むかしはすこし聞こえた。だから、しゃべれるようになったの。でもそのあと、ほとんど聞こえなくなっちゃった」

「あたしも聞こえなくなっちゃうかな」

「それはないんじゃないかな」

「双眼鏡《そうがんきょう》や望遠鏡を使ったら、遠くからでもくちびるが読める？」

カオリはがまんできなくなった。ユミがしゃべってばかりいたら、どうやって森と一体になれるというのだろう。

「質問《しつもん》ばっかりするの、やめて」

カオリはきつい口調で言った。耳もとでブンブンいう音がして、手ではたいた。

ユミはカオリにむかって目をぱちくりさせた。

「なんで？」

「失礼でしょ」

「〈ただのルネ〉は気にしてないよ」

ユミは新たな相談者を見あげ、その手を軽くたたいた。

「気にしてる？」

「わたしが気になるの」

カオリは言った。

「集中しないといけないのに、あんたがペチャクチャしゃべってたら困《こま》るの」

自分では認《みと》めたくないけれど、カオリはユミが「ナンバーツー」でいてくれるのが気に入っていた。そうすれば自分が「ナンバーワン」になれる。つまり、仕切る役目ができるわけだ。けれど、〈ただのルネ〉は自然に仕切る役目をする人のようだった。今も先頭を歩いている。三人が何をさがさないといけないのか、まるっきりわかっていないのに。かけてもいいけど、しし座《ざ》ね、とカオリは思った。

「ここで止まって」

とカオリは言った。

ユミが立ち止まった。それから〈ただのルネ〉も。ふたりとも、さぐるようにカオリを見た。

「儀式《ぎしき》をきちんととりおこなうには、特別な種類の石が必要なの」

できるだけ、ものものしく告げる。

「ヴァージルにとってくるように言った、五つの石みたいに？」

とユミがたずねた。

「五つの石って？」

〈ただのルネ〉が妹から姉へ視線《しせん》をうつしてきいた。

カオリはその質問《しつもん》を無視した。こまかいことまで説明している時間がない。

「ひとつあればいいの。〈ヘビ皮メノウ〉という石」

〈ただのルネ〉が首をかしげた。

「〈ヘビ皮メノウ〉って言った？」

「そう。〈ヘビ皮メノウ〉」

「それって何?」

とユミがきく。

「石よ。ハトのたまごくらい小さいのもある」

カオリは空っぽの手のひらをひらいた。その石が魔法《まほう》であらわれるかのように。

「うろこのある石なの。だからヘビ皮って呼《よ》ばれてる」

〈ただのルネ〉がむずかしい顔をした。

「この森では見つからないよ」

「どうしてわかるの? いろんな石がいっぱいあるじゃない」

カオリは言った。

「〈ヘビ皮メノウ〉が見つかるのは、だいたい河川敷《かせんしき》や浜辺《はまべ》だから。水のあるところ」

〈ただのルネ〉はかわいた小枝《こえだ》やそびえる木々を見まわした。

「このへんには水はぜんぜんない」

ユミが腕《うで》を組んで、カオリのほうを見ながら両方の眉毛《まゆげ》をくいっとあげた。

「どうするわけ?」

カオリはなんと返事をしたらいいかわからなかった。おそらく、〈ただのルネ〉の言うとおりだ。結局のところ、カオリは〈ヘビ皮メノウ〉の実物を見たことがない。けれど、インターネットで宝石《ほうせき》のページを数えきれないほど調べ、どんなときにどんな石を使うか知っていた。〈ヘビ皮メノウ〉は、失ったものをさがす助けになる。まさに、ヴァージルは失われてしまった。本人にとってはともかく、カオリにとっては失われている。そして、ヴァージルにはおろかでおかしなところもあるけれど、無事で元気でいることをたしかめたいと、カオリは思っていた。

「〈ヘビ皮メノウ〉そのものを見つけなくてもいいと思う」

カオリは言った。

「近いものがあれば。もちろん、正式には〈ヘビ皮メノウ〉を使うんだけど、そうじゃなくてもかまわない。うろこもようのある石をさがせばいい。似《に》ていればいいの。あとは、わたしたちのエネルギーでおぎなえば、だいじょうぶかもしれない」

ユミは〈ただのルネ〉の反応《はんのう》をさぐるために、顔を見て、たずねた。

「どう思う?」

カオリは顔をしかめた。ユミが自分以外の人に意見を聞いたことは、今までなかった。両親にも聞いたことがない。

〈ただのルネ〉はユミの顔を見つめ、それからカオリのほうを見た。数秒たってから、こう言った。

「お姉さんがうろこもようの石をさがさなきゃって言ったんだから、さがさないといけないいんじゃないいかな」

カオリの肩《かた》の緊張《きんちょう》がほぐれた。そのとき、年長のふたりの少女の間を、何かが行き来した。それは口に出さなくても通じる、おたがいへの信頼《しんらい》だった。そして、カオリは洞察力《どうさつりょく》にめぐまれた人間なので、そういうものをとても大切にしていた。カオリは〈ただのルネ〉にほほえんだ。かすかに、ほのめかすように。すると〈ただのルネ〉もほほえみかえした。

そのとき、さけび声が聞こえた。

32

この世でいちばんよくない言葉

もし〈パア〉に先にやられるのでなければ、三つのことがおこりうる、とヴァージルは考えた。窒息死《ちっそくし》するか、餓死《がし》するか、脱水症《だっすいしょう》になって死ぬか。どれが最悪なのかわからなかった。

もしかしたら、すべてがおこるかもしれない。息ができなくなり、おなかが鳴りつづけたすえに心臓《しんぞう》が止まり、のどがふさがってからからに干《ひ》からび、そのすべてが同時におこるのだ。

そもそも古井戸《ふるいど》には、どのくらい空気が残っているものだろうか。

かぎられた量しかないのか。

いずれ、なくなってしまうのか。

〈パア〉はもどってくるのだろうか。

はらわたから、涙《なみだ》の大群《たいぐん》がわきあがってきた。外にあふれでないように、ぎゅっと目をつぶり、上へ上へ上へと視線《しせん》をあげ、空気の入口がないかさがした。でも、真っ暗だった。光も入らないなら、いったいどうやって空気が入るのだろう。

「どうでもいいや。どうせ飢《う》え死《じ》にするんだから」

ヴァージルはガリヴァーにタンポポを食べさせた。姿《すがた》は見えないが、ガリヴァーの歯がタンポポのくきにあたるのを感じ、もぐもぐ食べるかすかな音が聞こえた。

「ごめんね、ガリヴァー。ぼくのせいで、こんなひどいことになって」

つぎにおこったことは、避《さ》けられなかった。

かならずそうなっただろう。ヴァージルがいくら、そうしたくなかったとしても。

本当に？　だれだって、そうしただろう。

ヴァージルは泣きだした。

涙は腹《はら》の奥《おく》のほうからせりあがり、のどにうつり、それから蛇口《じゃぐち》からもれる水のようにしたたった。ヴァージルは必死に止めようとした。泣くのはきらいだ。泣くと顔がぐしょぐしょになり、目が腫《は》れて、のどが痛《いた》くなる。でも、止めようがなかった。涙《なみだ》のいきおいは、はげしさとすさまじさをまし、とうとう蛇口《じゃぐち》の水はしずくではなく奔流《ほんりゅう》となった。ヴァージルは泣きながら、合間に息をととのえなくてはならなかった。自分は弱虫か、赤ちゃんか、おびえたカメなのかもしれない、でも、それがなんだ。ヴァージルはこわいのだ。穴《あな》の中にとじこめられ、この世界にひとりも味方がいなくて、こわいのだ。

いつか聞いたことがある。死ぬ直前に、自分の一生が目の前にうかびあがると。ヴァージルはまだ死にかけてはいなかったが、それでもいくつかの映像《えいぞう》がうかんだ。ロラのことを思い出した。ロラの手と、その紙のような感触《かんしょく》。いろいろな物語を語ってくれたこと。ヴァージルの手をほめ、ピアニストになったらいいとすすめたこと。〈パアア〉や〈石の少年〉や〈太陽の女王〉の話をしてくれたこと。残念ながら、井戸《いど》から脱出《だっしゅつ》する話はしてくれなかった。もう永遠《えいえん》にその話は聞けない。

両親と兄さんたちのことも思い出した。びっくりマークをつけて会話し、ヴァージルをひっこみじあんでおとなしすぎるとからかい、暗がりをこわがるなんてばかみたいだと思っていたこと。ヴァージルは、よくこんなふうに想像《そうぞう》したものだった。自分はモーゼのように川にうかんでいたところを、母親にたまたま見つけられた。母親はおそらくヴァージルを拾いあげてこう言った。「何かしら！　あら、みなしごの赤ちゃんじゃないの！　家につれてかえらなくちゃ！」（いつものように、びっくりマークをつけて）。それでいっしょに家に帰り、かならずしも家族となじんでいないことに、みんなはすぐに気づいたけれど、それでもかまわなかった。なぜなら、みんなはヴァージルが大好きだったから。もちろん、ヴァージルも家族が大好きだった。理解《りかい》することはできなかったけれど。もはや永遠に理解することはない。

それから、ヴァレンシアのことを思い出した。

ぬれた鼻を手の甲《こう》でぬぐい、ズボンでふいた。ふだんならそんなことはしないが、決まりごとなど、もうどうでもよかった。ヴァージルは窒息死《ちっそくし》しかかっているのだ。この失われた機会の国で。そこでは、ヴァレンシアに話しかけるべきだった。ロラに「大好きだよ」と伝えるべきだった。両親と兄さんたちのことを理解しようとするべきだった。よい友だちでいてくれたカオリにお礼を言うべきだった。でも、今となってはもう、どれも手おくれだ。

〈パア〉がそのうちやってくる――ガリヴァーを前菜にひっつかんでから、メインコースをねらうだろう――ヴァージルはそう確信《かくしん》していた。でも、たとえ〈パア〉が来なくても、もはや望みはなかった。

ヴァージルは何度もあえぐように大きく息を吸《す》った。泣きつづけるうちに、とうとう蛇口《じゃぐち》が干上《ひあ》がった。ヴァージルを見つけてくれる人なんか、いるわけがない。救出の望みはブルひとりにかかっていたが、それはほとんど不可能《ふかのう》だろう。ブルはおそらく、とっくにヴァージルのことなんか忘《わす》れている。それとも悪魔《あくま》の巣窟《そうくつ》にもどって、邪悪《じゃあく》な行いを記す日記にこう書きこんでいるかもしれない。「夏休み初日。ヴァージル・サリーナスを井戸《いど》にとじこめてやった」。

ほっぺたが痛《いた》い。目がひりひりする。鼻がズキズキする。

泣くのは痛い。だから、こんなにきらいなのだ。

「泣くのは魂《たましい》のためにいいのよ」

ルビーがそっと言った。

「泣きたくなるのは、何かが解放《かいほう》されたがっているということ。だから解放してあげないと、その何かがどんどん重くのしかかってきて、しまいに体が動けなくなってしまうわ」

「ぼくには泣くことしかできないんだ」

泣いたせいで、ヴァージルの声はかすれていた。

「もう一度、さけんでみたらいいのよ」

ヴァージルは手のひらのつけねを目におしあてた。

「それになんの意味がある？　だれにも聞こえやしないのに」

「よりによって、そんな質問《しつもん》をするなんて。人生の中で自分に問いかけることは、いくらでもあるけれど、けっして『それになんの意味がある？』ときいてはいけないの。この世でいちばんよくない質問だから」

「まるでロラがしゃべってるみたいだ」

「それはよかった」

「ロラに会いたい」

ヴァージルは小声で言った。自分にむかってそう言うこと自体、恥《は》ずかしかった。それでも、言わなくてはならなかった。声に出して言うと、手離《てばな》すことができる。ロラが前にそう言っていた。でも、うまくいったとは思えない。ロラに会いたい気持ちは変わらなかった。

「二度と会えないわけでもないんだから」

とルビーが言った。

「どうしてわかる？　ぼくはだれにも見つからない。だれにも助け出されない。もう見こみはないんだ」

「バヤニ、人生の中で自分に言いきかせることは、いくらでもあるけれど、けっして『もう見こみはない』と言ってはいけないの」

「わかったよ。じゃあ、もう手おくれだ」

ルビーはため息をついた。その音が見えない煙《けむり》のようにゆらりとただよってきた。

「その言いかたは、さらにひどいわ」

ヴァージルは力なく壁《かべ》によりかかった。飢餓状態《きがじょうたい》をやりすごすために寝《ね》てしまいたかったが、眠《ねむ》れなかった。〈パア〉がどこかにいるかもしれないのだ。今も頭上にいて、見はっているかもしれない。飛びかかるタイミングを見はからっているかもしれない。ハゲワシのように旋回《せんかい》しながら。ヴァージルはあえて上を見ないようにした。たとえ見ても暗闇《くらやみ》しかないだろう。

〈パア〉は暗闇が好きだ。

ヴァージルははっと息を止めた。

今ほっぺたをかすったのは、羽根だろうか。

今のは、羽ばたきの音？

ヴァージルは両手で耳をおさえた。

「もう一度さけんで、助けを呼《よ》んでみたら？」

とルビーが言った。

「やりたくない。だって……」

「だって、なに？」

だって、見えない止まり木にいる〈パア〉を驚《おどろ》かせて、呼びよせてしまうかもしれない。

「言ったでしょ？　〈パア〉が大きくなるのは、〈パア〉をこわいと思っているときだけ。知らんぷりしちゃいなさいよ。とにかく、さけんで。わたしのために、やって」

ヴァージルは両手をおろした。ゆっくりと。あたりは静まりかえっていた。

「ここであきらめるわけにいかないでしょ」

とルビーが言った。

「人間にはあきらめるしかないときがある。それが真実なんだ」

「具体例を言ってみて」

「疲《つか》れてて、具体例なんか思いつかないよ」

「答えを考えたくないからって、質問《しつもん》を避《さ》けないで」

ヴァージルはため息をついた。すこし考えた。

「わかった。たとえば、レースを走ってるとする。ものすごく距離《きょり》の長いレース。走れると思ったから、参加の申しこみをしたんだ。レースにむけて何か月も、もしかしたら何年も、練習をした。ついに大会の日が来て、そこでひたすら走っている。でもとつぜん、足がものすごく疲れてしまう。体が脱水状態《だっすいじょうたい》になってくる。呼吸《こきゅう》もままならない感じ。フィニッシュラインはまだずっと先にある。もう、どうしても走れない。吐《は》いたりしてしまう。このまま走りつづけたら死ぬってわかる。だから、止まる。死なないですむように、道路のわきに腰《こし》をおろす。あきらめるしかないんだ」

「ひどい具体例ね」

ルビーがすぐさま言った。

ヴァージルはさっと眉毛《まゆげ》をよせた。暗闇《くらやみ》をにらみつける。

「ひどくないよ」

「いいえ、ひどいわ」

「なんでひどい具体例なの?」

「だって、あなたの話に出てきた人は、あきらめてないもの。あきらめるっていうのは、はじめからレースに参加しないことよ」

ヴァージルはまたため息をついた。

「眠《ねむ》くなった。見はりをしててくれる?」

「いいわ……ただし、わたしのために、もう一度だけさけんでくれたらね」

「本当に?」

「約束するわ、バヤニ。うまくさけんでね」

ヴァージルは大きく深く息を吸《す》いこんだ。胸《むね》に空気をいっぱい入れ、口を大きくあけると、さけびにさけんだ。声がかれるまで。

33

タナカ&サマセット

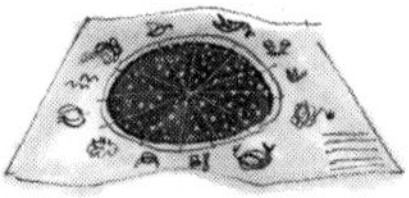

「今の、聞こえた？」

カオリが言った。両手をあげ、手のひらを外側にむけ、「みんな止まって」というような身ぶりをしている。

ユミは目を見ひらいた。顔が青ざめる。姉に一歩近づく。さらにもう一歩。

「聞こえた」

「何？　なんなの？　何があったの？」

〈ただのルネ〉はふたりのほうをかわるがわる見た。

「まるで……」

ユミが言いかけて、言葉を切った。目が森の中を見まわしたけれど、体はすこしも動かさない。

「だれかが助けを呼《よ》んでる」

とカオリが言った。

〈ただのルネ〉がさっと眉毛《まゆげ》をあげた。

「さけび声が聞こえたの？　ほんとに？」

「うん」

姉妹がこたえた。口をそろえて。

カオリは西のほうを指さした。

「あっちから聞こえた」

それ以上なにも言わずに、三人はそっちへ歩きだした。カオリの頭に、いくつもの絵がつぎつぎとあらわれた。思いうかんだのは……。

シダレヤナギの木の根もとでまるくなり、骨折《こっせつ》した足をかかえるヴァージル。

いちばん高い木のてっぺんの枝《えだ》にすわるヴァージル。ネコのように動けなくなっている。

（でもカオリにはわかっていた。ヴァージルはそんなに高い木には登らない。たとえ木登りをしたとしても。）

岩のそばに横たわり、頭にたんこぶができているヴァージル。

カオリはヴァージルのことしか考えていなかった。二分歩いたあとに、まったくべつの人に出くわすとは想像《そうぞう》もしていなかった。それは見たこともない少年で、地面にすわり、マツの木によりかかり、太い腕《うで》に白いT《ティー》シャツを巻《ま》きつけていた。

三人を見ると、少年はおびえてめそめそした顔から、おびえていらだった顔に変わった。視《し》線《せん》がカオリからユミへとうつり、最後に〈ただのルネ〉を見た。そのとたん、少年は無表情《むひょうじょう》になり、さけび声をあげていた人には見えなくなった。

「こんなとこで何してんだよ?」

少年がきつく言った。

このふたりは知り合いね。すくなくともカオリの勘《かん》は、そう告げていた。

「助けてってさけんだ?」

ルネが退屈《たいくつ》したような声できいた。

少年はむっとして顔をそむけた。腕を胸《むね》に近づける。三人の少女は、その少年が助けを求めていたことにすぐ気づいた。少年があまり説得力なく「ちげえよ」と吐《は》き出《だ》すように言ったたにもかかわらず。

「じゃあ、腕はどうしたの？」

顔色がもとにもどったユミがたずねた。間に合わせの包帯を指さす。カオリは、それがTシャツではなく、枕《まくら》カバーだったことに気づいた。

「ヘビにかまれた。きかれたから言うけどさ」

少年は、ほこらしげだった。

「でかいやつ。コブラみたいな。もうすこしで腕をかみちぎられるところだった」

「ほんとに？」

ユミがうっとりしたように言う。

「ああ」

少年が三人にさっと視線を走らせる。

「おれ、死ぬと思う。病院につれていってくれるとかしないと。絶対《ぜったい》、毒へビだった」

〈ただのルネ〉がバッグをユミにわたすと、少年のそばにひざをついた。ひざの下で、葉っぱがガサガサ動く。ルネは、かみ傷《きず》を見せてというように、両手を出した。わがままな子どもをあやす母親のように。

「何するつもりだよ?」

少年は傷《きず》ついた腕《うで》をさっと引いた。

「まじないでもかける気か?」

〈ただのルネ〉は、あきれたことが伝わるように、大げさに目を上にむけた。

「ヘビのかみ傷のことなら、よく知ってるの。どうでもいいから、腕を見せて」

「見せるわけないだろ」

〈ただのルネ〉は両手をおろし、なんでもなさそうに肩《かた》をすくめた。

「じゃあ、いいけど。でも、シャツだかなんだか知らないけど、そんなふうに巻《ま》いてたら、あとで腕を切断《せつだん》することになるよ。傷をそんなふうにおおったらいけないんだから」

少年はまた吐《は》き出《だ》すようにこう言った。

「頭おかしいんじゃねえか。傷には包帯とかを巻きつけるのに決まってる。常識《じょうしき》だろ」

「ヘビにかまれたところをおおうと、皮膚《ひふ》が熱いままになって、湿気《しっけ》がとじこめられるの。湿気によって細菌《さいきん》がふえる。腕が化膿《かのう》する。それで菌がどんどん広がって……」

ルネは自分の腕を切り落とすまねをした。

「だから、おおったらいけないの。それに、どうせ毒ヘビじゃないと思う」

「どうしてわかるの？」

ユミがきいた。がっかりした様子だ。ヘビにかまれて死のふちにいる人のほうが、自分の腕を菌に感染《かんせん》させたバカな少年よりもおもしろいと思っているようだった。

カオリはすべてを興味《きょうみ》深く観察していた。〈ただのルネ〉は自然や動物にくわしい。もしかして、ふたりで事業を立ち上げられないだろうか。カオリが人々の運勢《うんせい》を占《うらな》い、霊的《れいてき》な導《みちび》きをあたえる。〈ただのルネ〉はまじないをする助けになってくれるかもしれない。たとえば、カオリが特定の石を必要としたとき、ルネならどこにあるかはっきりわかるだろう。ふたりの会社にふさわしい名前を思いつけるかもしれない。でも、カオリ&《アンド》ルネ……それだと、冴《さ》えない。もっといい名前、大人っぽくて、ビジネスらしいもの。ふたりの名字はどうだろう。

タナカ&……。

少年がぐるぐる巻きにした腕をいやそうにさしだしたとき、カオリはルネの肩をトンとたたいた。

〈ただのルネ〉がカオリのほうをふりむく。

「あなたの名字は？　ただ、知りたいだけなんだけど」

〈ただのルネ〉はすこし間を置いてから、こたえた。

「サマセット」

タナカ&《アンド》サマセット！　完璧《かんぺき》なひびき。本物の会社みたい。

看板《かんばん》が目にうかんだ。明るくかがやいている。チカチカまたたく光が目に焼きつくのを感じられるほどだ。タナカ&サマセット。タナカ&サマセット。タナカ&サマセット。

〈ただのルネ〉が枕《まくら》カバーをわきに放って、ヘビのかみ傷《きず》があらわになると、ユミが前に出て、そばにしゃがみこんだ。

「えっ、これだけ？　大きなヘビがかんだのに？」

カオリもかみ傷を見た。やはり、もっとおぞましいものを予想《よそう》していた。大きく腫《は》れあがり、うみや粘液《ねんえき》がしみだしていると思っていた。なのに、少年の腕《うで》は赤くなっているだけだ。牙《きば》の
あとすら見えなかった。

「こんなの、なんでもないよ！」

とユミが言った。

「あたりまえだろ」

少年が怒《おこ》って言いかえす。

「かまれたとき、反対の手で思いっきりつかんだから、これ以上の傷にならなかったんだ。腕にささった牙はむしりとった。そのあと、首をしめて、死体を古い井戸《いど》に投《な》げ捨《す》ててやったってわけ」

〈ただのルネ〉は、「へえ、そう」というような顔をして、カオリのほうをちらっと見あげた。

「毒へビじゃないって、どうしてわかるの?」

とユミが〈ただのルネ〉にきいた。けれど、ルネは少年の腕をまた見ていたから、ユミがしゃべったことに気づかなかった。

「おい」

少年がルネに気づかせようと、腕を動かした。ルネは目をあげた。カオリはその目からレーザー光線が飛び出すのではないかと思った。そんなことができればだが。

「そのバカなガキがおまえに質問《しつもん》してるよ」

ユミが肩《かた》にかけていたなわとびのロープをむちのようにさっととった。ただ、あまりこわそうに見えなかったのは、ロープがあざやかなピンク色で、持ち手にニコニコ顔のシールが貼《は》ってあったからだ。

「あたしのこと、今なんて言った？」

少年は無視《むし》して、さっきのユミの質問《しつもん》をルネにむかってくりかえした。自分の腕《うで》を、まるで大切な宝石《ほうせき》のように、胸《むね》におしつけている。

「どうしてわかるかというと、こんなのは、かみ傷《きず》のうちに入らないから。虫さされだと言ってもわからないよ」

〈ただのルネ〉は指を折って数えあげた。

「のどが腫《は》れて気道がふさがったりしていない。熱が出ていない。発作《ほっさ》をおこしていない。そしていつもどおり、まぬけなドードー鳥みたいに、わたしたちとしゃべってる。たぶん、ミズヘビかガーターヘビにかまれたんだと思う。レーサーヘビか何か」

「そうかよ、難聴《なんちょう》」

少年はさっと立ちあがって地面から離《はな》れた。

「そもそも、どうしてヘビにかまれたのよ？」

カオリはできるだけ見くだすような声色で言った。

「今日はほとんどずっと、ヘビ狩《が》りをしてたんだ。おれは、そういうことをしてるわけ。ヘビをつかまえて、素手《すで》で殺す」

少年は両手を見せた。

「それ、じまんのつもり？　頭のおかしい人が言ってるようにしか聞こえない」

とカオリは言った。

〈ただのルネ〉も立ちあがった。

「自分のほら穴《あな》にもどって、その『かみ傷』とやらをお湯で流したほうがいいよ。それから刺激《しげき》のすくない石けんで洗《あら》って。さもないと化膿《かのう》して……」

ルネはもう一度、自分の腕を切り落とすまねをした。

「ついでに言っておくけど、わたしの名前はヴァレンシア。難聴じゃなくて」

ユミとカオリはとまどって顔を見あわせた。

わたしの名前はヴァレンシア？

「ねえ、ルネじゃなかったの?」

ユミがふたりの思いを口にした。けれど、ヴァレンシアはむこうをむいて、ヘビにかまれた被害者《ひがいしゃ》が帰っていくのをにらみつけていた。だから、ユミの声に気づかなかった。

34

ヴァレンシア

　正直に言うと、毒ヘビじゃなかったのは、ちょっと残念。べつにチェットののどが腫《は》れあがってほしいわけじゃない——そんなことは、だれにだって絶対《ぜったい》におこってほしくない——けど、腕《うで》に毒が入って、ドキドキしながら緊急《きんきゅう》救命室に行くのは、おもしろかったと思う。でも、チェットにものすごいじまん話ができてしまうから、そうならなくてよかったかもしれない。ありありと思いうかぶ。
「おれ、救急救命室に運ばれて、もうすこしで死ぬところだったんだ。危機一髪《ききいっぱつ》だったよ。おれがあのタイミングでコブラを殺せたのはラッキーだったってお医者さんも言ってた。やっつけて井戸《いど》に投げこむだけの力があってよかったよ」

でも考えてみたら、どうせそういうじまん話をするのかもしれない。

チェットがいなくなってから、わたしは枕《まくら》カバーを、よごれた靴下《くつした》を拾うように、つまみあげた。チェットの汗《あせ》のついたものを持つのは気が進まないけど、わたしはすでに母親の古いボウル類で森をよごしている。だからせめて、このおぞましいものくらいは、ちゃんと捨《す》てておきたい。こんなものをリスの家族に見つけてほしくない。セイクリッドにも。セイクリッドがチェットの枕カバーなんかによりそっているところを想像《そうぞう》するのは、ぜんぜんいい気分じゃない。

ユミとカオリのほうをふりかえると、ふたりともとまどっているようだった。とつぜん、わたしがだれだかわからなくなってしまったみたいに。

「わたしたち、ふたりで起業しない？」

とカオリが言った。

「え？」

と聞きかえした。ちゃんと聞こえた気がしない。

「わたしたち、ふたりで起業しない？」

カオリがくりかえした。

「わたしは霊的《れいてき》な世界にくわしいし、あなたは自然界にくわしいでしょ。最高のビジネスパートナーになれる。だからこそ、運命がわたしたちを結びつけて、友だちにしてくれたんだと思う」

友だち。どういうわけか、カオリのその言いかたに、わたしはついに何かを見つけたんだという気持ちになった。単純《たんじゅん》かもしれないけど、その瞬間《しゅんかん》、たったひとつのその言葉で、自分がもうべつの人間になった気がした。そんなことって、ありえるのかな？

「でも、偶然《ぐうぜん》かもしれないよ」

とわたしは言った。

「偶然なんてものはないの」

ユミとカオリが口をそろえて言った。

そのとたん、なぜか、わたしたちはいっせいに笑いだした。すると、チェットのおぞましい枕カバーを持っていることなんて、どうでもよくなってしまった。

笑いがおさまると、カオリはまじめな顔になった。

「だけどその前に……本当のことを教えてほしいの」

カオリはユミと視線《しせん》をかわした。ユミがまだバッグを持ってくれていたから、わたしは受けとるために手をのばした。

「あなたの名前は、本当にルネ?」

わたしは背《せ》すじをのばした。できるだけまっすぐに。そしてバッグを肩《かた》にかけた。

「ちがうよ」

と、こたえる。

「わたしの名前はヴァレンシア。ヴァレンシア・サマセット」

まるで、ときの声をあげるように。

35

V・S

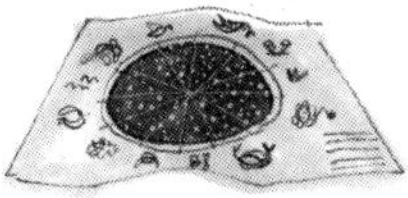

カオリはこれまでの人生でヴァレンシア・サマセットの名前を聞いたことがないと確信《かくしん》していた。でもなんだか、とてもなじみがある感じがする。デジャビュ——既視感《きしかん》のように。脳《のう》のどこかがカチッと鳴って、「これは大事だから、覚えておいて！」と言った。けれど、なぜだかわからない。カオリはくちびるをぎゅっと結び、答えが見えるように念じたが、何も見えてこなかった。それでも、答えはすぐそこにある気がした。手をのばせば、さわれそうなくらい。その場所さえわかれば。

〈ヴァレンシア・サマセット〉

ルネは本当の名前を名乗ったとき、背すじをのばし、ほこらしげだった。カオリも自分の名前を気に入っている。名前から力をもらえるのは大事なことだと、カオリは心から信じている。

「石をさがしつづけなきゃ。ヴァージルが行方不明になって、もう何時間もたってるでしょ。捜索《そうさく》を再開しないと」

カオリがそう言うと、ユミがぱっと顔をかがやかせた。

「ねえ、思いついた！〈ヘビ皮メノウ〉がなくたって、本物のヘビのかみ傷《きず》があるんだから、だいじょうぶなんじゃゃない？」

ユミはヴァレンシアがまだ親指と人差し指でつまんでいた枕《まくら》カバーを指さした。

「というか、ヘビのかみ傷じゃないけど、ヘビのかみ傷の汁《しる》かな？　それって、すごいことなんじゃない？」

期待するようにカオリを見あげる。

うーん。カオリは考えた。ユミの言うとおりかもしれない。本物のヘビの口から出た唾液《だえき》なら、石よりも価値《かち》があるはずだ。理屈《りくつ》にかなっている。

「どう思う？」

カオリはヴァレンシアにきいた。生まれてこのかた、前世もふくめて、カオリはほかの人に指示《しじ》やアドバイスを求めたことがなかった。けれど、これからビジネスパートナーになるなら、このタイミングではじめるのがいいだろう。事業の経営《けいえい》には協力することが大切だとカオリは知っている。

ヴァレンシアはうなずいた。

「うん、納得《なっとく》できるよ」

そのとき、ヴァレンシアの携帯《けいたい》電話がふるえて、会話が中断《ちゅうだん》された。バイブレーションの音があまりに大きく、カオリは一瞬《いっしゅん》、自分の携帯電話が鳴ったのかと思った。

「ママだ」

ヴァレンシアは届《とど》いたメッセージを見て言った。まるで六時間かかる宿題を言いつけられたような口調で。

「どこにいるの、だって。あーあ」

うんざりしたように、目を上にむけた。枕カバーがわきにたれさがる。カオリは歴史の授《じゅ》業《ぎょう》で見た、降伏《こうふく》の白旗をふる人々の絵を思い出した。

「家に帰らないといけないの？」

ユミががっかりして泣きだしそうな声できいた。

「うん、本当はね」

とヴァレンシアがこたえる。

カオリが、儀式《ぎしき》は短いし十五分後にしれっと帰ってもだいじょうぶじゃないかと言おうとしたとき、仏教《ぶっきょう》寺院《じいん》の鐘《かね》の音が聞こえ、自分も携帯《けいたい》電話を見るはめになった。母親だ。まるで親たちがみんな同じ周波数にでも乗っているかのようだ。

「ミセス・タナカよ」

とカオリは妹に言った。

ところがメッセージは、カオリの居場所《いばしょ》や帰宅《きたく》時間をたずねるものではなかった。


ひょっとして、ヴァージル・サリーナスを見かけてない？

カオリは心臓《しんぞう》がドキリとした。母親が質問《しつもん》してきたのは、だれかが母親に質問したからで、それはヴァージルの両親かお兄さんたちかロラのだれかで、その人たちもヴァージルの居場所を知らないということになる。

つまりは、これは正真正銘《しょうしんしょうめい》の空前の規模《きぼ》の危機的状況《ききてきじょうきょう》なのだ。

カオリはメッセージを返した。

見かけてない。十一時に家に来るはずだったけど、来なかった。

もっとくわしいことも打ちこもうとした——今ヴァージルをさがしていて儀式をおこなうところで——けれどそんなことを書いたら、ミセス・タナカにユミをつれてすぐに帰りなさいと言われるだろうから、書きかけの言葉を削除《さくじょ》して、母親の返事を待った。

「ヴァージルの居場所《いばしょ》を知ってるかってきかれた」

カオリの声は気分と同じくらい暗かった。

たいへんなことがおこっている。

ものすごくたいへんなことがおこっている。

「つまり、ヴァージルの両親がヴァージルをさがしてるってことよ」

カオリはユミのほうにむいた。

「わたしたちが思ってたみたいに、家から出られなかったわけじゃなかった。しかもルネ、じゃなくてヴァレンシアがたずねたあとも、ずっと帰ってないってことよ」

ユミが顔をしかめた。三人はしばらく黙《だま》っていたが、とつぜん、ユミの顔がまたぱっとかがやいた。

「ねえ、もしかしてヴァージルはV《ヴイ》・S《エス》と出かけたのかもよ？　かけおちしたのかも！　映画《えいが》みたいに」

「それはむり。きのうはイニシャルを言うだけでのどをつまらせてたんだから」

ヴァレンシアの携帯電話《けいたい》がまたふるえた。

「むりじゃないよ」

ヴァレンシアが携帯電話にメッセージを打ちこんでいる間、ユミが言った。

「ゆうべか今朝《けさ》、ヴァージルがメッセージを送って、今はいっしょに映画館でポップコーンを食べてるのかもよ。V・Sとふたりっきりで」

「あんたはテレビの見すぎ。それにV・Sとかけおちなんてありえない。まったく……」

カオリははっと口をつぐんだ。

「どうしたの？」

ユミがたずねる。

カオリにはやっと、デジャビュのわけがわかった。

ヴァレンシアの名前になじみがあり、大事だと感じたわけも。

〈ヴァレンシア・サマセット〉

カオリはヴァレンシアの腕《うで》をとんとたたいた。ヴァレンシアが顔をあげると、カオリはたずねた。

「あなたの星座《せいざ》は?」

ヴァレンシアは携帯《けいたい》電話をしまって、眉《まゆ》をあげた。

「どうして?」

「とにかく教えて。さそり座?」

ヴァレンシアは一瞬《いっしゅん》ためらった。

「うん。どうして知ってるの?」

「学校で毎週木曜日に通級指導《しどう》教室に行ってる?」

ヴァレンシアは首をかしげた。

「うん。どうして?」

ユミがぴょんぴょんぴょんと三回とびはねた。

「すごいよ、お姉ちゃん! V《ヴィ》・S《エス》だったんだ! V・Sだったんだ!」

「そう」

カオリは真剣《しんけん》な顔で言った。

「ヴァレンシアがV・Sだった」

「いったいなんなの？」

ヴァレンシアがいぶかしむ。

「ふたりとも何を言ってるのか、ぜんぜんわからない」

カオリはすばやく妹のとなりへ行って、手のひらで妹の口をふさいだ。

「教えられない」

「どうして？」

「どうしても」

「答えになってない。わたしに関係あるみたいだから、わたしも知るべきでしょ」

ヴァレンシアはユミに視線《しせん》をうつした。

「だから教えて」

「教えられないのは、運命に干渉《かんしょう》することになるから」

カオリはこたえた。まだユミの口をふさいでいる。

ヴァレンシアは笑いだしそうな顔をした。

「本気よ。運命はこれまでのところ、今日という日にじかに影響《えいきょう》をあたえてきた。これで、すべてがはっきりしたの」

「もう、いいから教えてよ」

「ヴァージルが見つかったら、すべてわかる」

カオリは手のひらでユミがはしゃいでいるのを感じた。今にも爆発《ばくはつ》しそうなくらい。

ヴァレンシアは両手を腰《こし》にあてた。

「教えてくれなきゃ、ヴァージルの捜索《そうさく》は手伝わない」

「ヴァージルの命があぶないかもしれないのに？　わたしが何かを教えないからって、ヴァージルを見すてるつもり？」

ヴァレンシアはがっかりした顔をした。両腕《りょううで》をだらんとさげる。

「そんなことはしたくない。でも見つかったら教えるって約束して」

カオリに指をつきつける。

カオリはユミを離《はな》して、自分の胸《むね》に手をあてた。

「ヴァージルを見つけたら、すべてがわかるって約束する」

「見つけられたらね」

ユミが口をはさむ。

「見つけられる」

とカオリは言った。

「かならず」

36

もしかしたら

ヴァージルは疲《つか》れていた。ただただ疲れていた。あいかわらずこわいし、おなかはすき、のどもかわいていたが、とにかくむしょうに疲れていた。思っていたとおりだった。助けを求めてさけんでも、だれにも聞こえないのだから、むだだった。助けなど来るわけがなかった。何時間もおびえつづけたせいで、疲れはてていた。〈パア〉のことも心配できないほど疲れていた。

〈バヤニ、人生の中で自分に言いきかせることは、いくらでもあるけれど、けっして『もう見こみはない』と言ってはいけないの〉

ルビーに何がわかるというのだろう。

これでヴァージルとガリヴァーはおしまい

だ。ヴァージルはリュックをかかえよせ、ひと眠《ねむ》りすることにした。でも、どんなに残念な人生だったか考えながら寝入《ねい》るのはいやだったから、もし助かったら、今までと何を変えるだろうと想像《そうぞう》することにした。

一．母親にむきあって「もうカメとは呼《よ》んでほしくない」と言う。そうしたら母親は「わかったわ」とこたえて、自分はふつうに「ヴァージル」か「ヴァージリオ」か何かになれる。それとも家族が新しい呼び名をつけてくれるかもしれない。「バヤニ」とか。

二．ブルがまた「ウスノロ」と言ってきたら、立ちむかう。「もう一度そんなふうに呼んだら、後悔《こうかい》するよ」と言うのだ。声をふるわせもしないで。ただ言うだけでなく、本気でそう思って言う。ケンカだってするかもしれない。でも、ケンカしなくてもすむかもしれない。本気だとわかれば、ブルは無条件《むじょうけん》に受けいれるだろう。

三．（これがいちばん重要。）ヴァレンシアに話しかける。「ハロー」だけでもいい。ひとこと。それだけで、友だちへの第一歩をふみだせる。そうだよね。たったひとことで、すべてが変わるかもしれない。

今、ヴァージルは疲れきった声で、言ってみた。

「ハロー。ハロー。ハロー」

くぐもっていて苦しい声に聞こえる。でもこの井戸《いど》の底はそういうところなのだ。

「疲《つか》れた」

ヴァージルはだれにともなく言った。

「もう眠《ねむ》る。〈パア〉に食べられたってかまわない」

ヴァージルは上をむいた。

「〈パア〉、聞こえたか？　ぼくを食べてもいいよ。でもガリヴァーはだめだ。ぼくはもう眠る」

ロラはあるとき、新たに目をさますと世界がちがって見える、と言った。このまま眠ったら、もしかしたら目をさましたときには家にもどっていて、さっき想像《そうぞう》した三つのことをできるようになっているかもしれない。もしかしたらあたたかいベッドの中にいて、ガリヴァーが水を飲むのにあわせてケージがゆれる音が聞こえるかもしれない。

もしかしたら。

37

ヴァレンシア

森の真ん中でキャンドルをともすなんて、だめ。何日も雨がふっていないんだから、なおさら。なのに、今わたしたちは森の中の小さな空き地に立っていて、カオリがどうしても儀式《ぎしき》にキャンドルが必要だと言う。でもいいこともあって、わたしが足で土に円を描《えが》き、その中心にヘビ汁《じる》のついた枕《まくら》カバーを落とす必要もあるらしい。枕カバーを処分《しょぶん》できるんだったら、言うことなし。

キャンドルにはまだ火がついていないけど、ユミがマッチを用意している。使いたくてたまらなそうなのが気がかりだ。

「まずは言葉を唱える。それからキャンドルに火をともすの」

とカオリが言う。

「どんな言葉？」

わたしはきいた。

ポケットでまた携帯電話《けいたいでんわ》がふるえたけど、無視《むし》した。今この瞬間《しゅんかん》に家に帰らないからって、それがなんなの？　それに、今はとても大事なことをしている。友だちをさがしている人を手伝おうとしている。ママにはわかってもらえないだろうけど。

「こう言うの」

カオリが目をつぶる。

「失われしものたちの番人よ、われわれが求めるものへと導《みちび》きたまえ。望みのかなう宇宙《うちゅう》へ、この心からの願いを送る」

ゆっくりとていねいに、そう言った。

わたしは続きを待った。

「それで終わり？」

とユミがきいた。

「そう。それからキャンドルに火をともして待つの」

「何を？」

とわたしはきいた。

「返事が返ってくるのを」

正直に言うと、何もかも、なんだか変わっていてばかげてる感じがしたし、自分が運命とかそういうのを信じているかどうかもわからない。でも、カオリのビジネスパートナーにはなりたいと思った。ふたりでなら、きっと何かできる。あとでその話をしよう。儀式《ぎしき》の真っ最中じゃないときに。

「準備《じゅんび》はいい？」

カオリが言う。

「みんなで同時に言わないといけないから」

わたしたちはじっと立った。

カオリがさっきの言葉をくりかえし、わたしたちは声をそろえ、いっしょに唱えた。

ユミがマッチに火をつけた。

森の中でキャンドルに火をつけちゃだめと、さっきカオリに言ったときは、まさか本当に火事をおこすとは思っていなかったけど、実際《じっさい》にそのとおりになってしまった。

ユミがマッチをするとき、力が入りすぎたせいで、マッチが手から飛びだし、円の外側にあったかわいた葉っぱの中に落ちた。たちまち炎《ほのお》があがった。山火事のような大きな炎とはちがう。家のガスコンロみたいな感じ。大さわぎするほどじゃない。それでもユミは声をかぎりに悲鳴をあげた。カオリとわたしで火をふみつぶした。そのとき、炎をふんづけるのがこわくない人と友だちでいるのはいいなと思った。

火が消えても、ユミは悲鳴をあげつづけている。

顔をあげて気づいた。ユミはもう火のあったほうを見ていない。わたしのうしろを指さしている。ふりかえって見た。

セイクリッドだ！

こっちにむかって走ってくる。

任務《にんむ》を負った犬。

あっというまにわたしのそばに来て、ひと声吠《ほ》えた。無事かどうかたしかめるように。犬ってそう。困《こま》っているときに気づいてくれる。

あたりには、こげた葉っぱのにおいがただよっている。

「この子、セイクリッドっていうんだよ」

わたしは言った。

「あぶなくないからだいじょうぶ。ときどき世話をしてあげてるの。森の中に住んでるんだよ」

カオリが妹に両腕《りょううで》を巻《ま》きつける。でもユミの大さわぎは、はじまったのと同じくらい急激《きゅうげき》におさまったようで、カオリの手をふりはらうと、セイクリッドの耳をなではじめた。

カオリは火事の跡《あと》を見た。

「どうしたらいい？　儀式《ぎしき》はだいなしになった。たぶん」

こたえようとしたけど、また携帯《けいたい》電話がふるえた。そろそろ見ないと、何度も何度もふるえつづけて、自分の頭がおかしくなるかも。

画面を見ると、ママから五万件《けん》くらい未読のメッセージが入っていた。でもそれ以外に、知らない番号からも、ふたつあった。

最初のは、これ。

ハロー、スペインの
ヴァレンシア！

すぐさまヴァージルのロラだとわかった。ふたつめは、これ。

わたしのヴァージリオを
見かけてない？

頭の中のしくみは不思議。これまでずっと、ヴァージルへとつながるヒントがたくさんあったのに、ちっとも気づいてなかった。でも、このメッセージを見たとたん、だれかが――聖《せい》ルネかも――わたしの脳《のう》のつまりをとりのぞいてくれたみたいだ。とつぜん、「あっ、そうか！」と思うことが、洪水《こうずい》のようにおしよせてきた。つぎつぎと。

タナカ家の家とヴァージルの家を行き来するのに、わたしたちは森の中をとおった。ヴァージルは約束があったから、カオリの家にむかっていた。きっと同じ道をとおったはず。だよね？

〈今日はほとんどずっと、ヘビ狩《が》りをしてたんだ。おれは、そういうことをしてるわけ〉――チェットはさっきそう言っていた。

つまり、チェットはヴァージルと同じ時間帯に森にいたんだ。チェットは学校でわたしを見かけるたびに、かならずバカみたいなしぐさをする。理科のクラスでは毎回デイビッド・キスラーにいやがらせをする。チェットはいじめっ子だ。

それから今朝《けさ》、小さな石がならんでいたのを思い出した。そして、ユミが言っていた言葉が頭の中をこだまする。〈ヴァージルにとってくるように言った、五つの石みたいに？〉

その石を、わたしは井戸《いど》に落としたんだ。ひとつひとつ。

〈そのあと、首をしめて、死体を古い井戸に投《な》げ捨《す》ててやったってわけ〉

井戸のふたがあいていたなんて、へんだった。あいていたことなんか、なかったのに。

だから、わたしはふたをとじたんだ。リスが中に落ちないように。

息がつまりそうになった。

わたしはゆっくりとカオリにむきなおった。ロラからのメッセージを見せながら。

セイクリッドがわたしの手に鼻をおしつける。

「どこにいるか、わかった」

とわたしは言った。

38

光

〈新たに目をさますと世界がちがって見えるものだよ、ヴァージリオ。時間のいたずらだね。今、信じていることを、明日も信じるとはかぎらない。見ていない間に、ものごとは変わる。そしてもう一度目をひらいたとき、見えるのは……〉

光。

あれは光？

ヴァージルは眠《ねむ》ってしまっていた。数時間前なら、命の危機《きき》にさらされているのに眠るなんて不可能《ふかのう》だと思っただろうが、ガリヴァーをそっとかかえながら、本当に眠れていた。あんなに泣いたことや恐怖《きょうふ》や孤独《こどく》のすべてが大きな厚《あつ》い毛布《もうふ》となってヴァージルを包みこみ、休むように言ったから、そのとおりにしたのだった。けれど今、まぶたのむこうの暗闇《くらやみ》が変化し、光が見えた。学校へ行く朝、父さんが部屋の明かりをつけてくれるときのように。はじめ、暗闇。つぎの瞬間《しゅんかん》、光。

でも光なんて、ありえないはずだ。

音も聞こえるなんて、ありえない。

自分の名前を呼《よ》ぶ声がする？

だれかが名前を呼んでくれているようだ。何人かいるのかもしれない。

犬が吠《ほ》えた？　やっぱりわけがわからない。

目をあけたくなかった。なぜなら、すべてが夢《ゆめ》かまぼろしだと、あるいは、自分はもう死んでいて、これがみんなの言う死後に見える光だと、知りたくなかったから。目をあけたら、すべてが現実《げんじつ》ではなくなってしまう。カオリとユミが「ヴァージル！　ヴァージル！」とさけんでいるのも。そして三人めの——女の子の——知っている声にそっくりだけど、そんなことはありえない声も。その声が、すべてがまぼろしだという印だ。ヴァレンシアが、カオリとユミといっしょに井戸《いど》の上にいるなんて、ありえない。だって、知り合いでさえないのだから。

それが証拠《しょうこ》だ。自分は死んだ。とうとう助けてもらえなかった。

ところが、またみんなの声がした。

「見えた気がするよ」

とユミが言った。

「でも暗いから、よくわかんない」

ヴァージルは目をひらいた。

光が見えた。

三人の頭のシルエットが見えた。こっちを見おろしている。ひとりは絶対《ぜったい》にカオリだ。髪《かみ》の毛《け》でわかる。

ヴァージルはまばたきをした。そして、もう一度。

「ハロー?」

ヴァージルの声は小さくてかすれていた。

「ハロー?」

〈もっと大きく、バヤニ、大きく!〉

「ハロー!」

ヴァージルは声をあげた。

「ハロー!」

「あっ! いるよ! ここにいる!」

ユミだ。ユミの声で、井戸《いど》の中にべつの種類の光があふれた。

「ヴァージル! カオリよ。これからみんなで助けるからね!」

「ああ」

ヴァージルは言った。

「よかった」

言いたいことはもっと——もっと、もっと——あった。でもそれが、せいいっぱいだった。

ヴァージルは立ちあがった。感覚のなくなっていた足がじんじんする。ガリヴァーの様子をたしかめた。ガリヴァーはひげをふるわせて、こっちを見ている。

「助けてもらえるよ」

とヴァージルは言った。

ガリヴァーがキュイッと鳴いた。ヴァージルは前にかかえていたリュックをうしろへまわした。

「ヴァレンシアとユミもいっしょなの！」

カオリが井戸の下にむかってさけぶ。

なんとなく、ヴァレンシアがだれなのか知っているような言いかただった。でも、どうして知り合ったんだろう。カオリはどうやってヴァレンシアを見つけたんだろう。そして、カオリは何か言っただろうか。

とつぜん、ヴァージルは恥《は》ずかしくてたまらなくなった。いや、そんな場合じゃない。まずは救助されなくては。恥ずかしがるのは、そのあとだ。

「はしごを登ってこられないの？　どうして、そこにはまっちゃったの？」

カオリがさけぶ。

「はしごが下まで来ていないんだ。ここからじゃ、届《とど》かない」

ヴァージルはこたえた。

三つの頭がおたがいを見あって、ごそごそと相談している。

「どう助けるのがいちばんいいか相談してるんだよ」

ユミが教えてくれた。相談はしばらくつづいた。何も聞こえなかったが、やがてユミの声がした。

「ねえ！　これは？」

ヴァージルには「これ」が見えなかったが、ここから出られるなら、なんでもよかった。

「すごくいい考え！　わたしがやる」

ヴァレンシアの声だ。

ヴァージルはつばを飲みこんだ。ヴァレンシアがカオリとユミといっしょにいる。

〈ヴァレンシア〉

ひとつひとつ大きさのちがう、石のおかげ？　それとも、ただの偶然《ぐうぜん》？

〈偶然なんてものはないの〉

だれかがはしごをおりてきた。何かを持っている。ロープだろうか。ロープなんて、どこで見つけたんだろう。

ヴァレンシアだ――数時間前の自分よりも速くおりてくる。でも段《だん》をふみはずさないくらいには、ゆっくりと。

気をつけて、とヴァージルは言いたかった。お願いだから、気をつけて。

心臓《しんぞう》がドキドキする。

ヴァージルはせきばらいをした。

いちばん下の段まで来ると、ヴァレンシアはロープの片《かた》はしを井戸《いど》の底へ落とした。

「これを持って。もう片方のはしをはしごに結びつけるから。そうしたら、山登りみたいに、よじのぼれるよね」

暗いから顔は見えなかった。つまり、むこうからも見えないということだ。ヴァージルはほっとした。

手をのばして、ロープをつかむ。なわとびのロープだ。

「あたしのなわとびだよ、ヴァージル！　家を出るときにつかんできたの！」

ユミがほこらしげに言う。

「ラッキーだったでしょ？」

そう、とヴァージルは思った。ものすごくラッキーだ。

39

ヴァレンシア

なわとびのロープを使って井戸《いど》をよじのぼってきた男の子を見ると、運命を信じないわけにはいかなくなる。

井戸から出てくると、真っ先にリュックの中をたしかめた。そのとき、モルモットが見えた。わたしはよく見ようと一歩近よった。セイクリッドがそばにいたけど、うしろに追いやった。モルモットに犬が近づくのを、ヴァージルはいやがるかもしれない。もちろんセイクリッドはモルモットを食べたりはしないけど。すくなくとも、わたしはそう思っている。

ヴァージルは大理石のようにじっと立っている。その場でかたまってしまったみたいに。

カオリとユミがいっぺんに何万もの質問《しつもん》を浴びせている。聞きとれないけれど、だいじょうぶなのか、ケガをしていないか、必要なものはないか、そんなことをきいているみたいだ。ヴァージルがちゃんと生きていて息をしているのはわかる。何もしゃべっていなくても。

「わたしもむかし、モルモットを飼《か》ってたの」

とわたしは言った。

カオリとユミがしゃべるのをやめた。みんなでヴァージルのほうを見た。ほかのふたりは返事を待っている。わたしはヴァージルが話をしたときにわかるように、表情《ひょうじょう》をじっと見た。でも、ヴァージルは黙《だま》っている。なんともいえない顔つきをしている。まるでわたしがいきなり、懐中電灯《かいちゅうでんとう》の光を目にあてたか何かしたみたいに。ヴァージルは体の重心を右へ左へうつしかえながら、カオリのほうを見た。こういうときはふつう、相手に無視《むし》されたと感じるものだけど、ヴァージルはそういうことをするような人には見えない。

何時間も地下にいたせいで、ショック状態《じょうたい》なのかもしれない。そんなふうにとじこめられるなんて、どんなだか想像《そうぞう》もつかない。しかも井戸の底ではほとんど探険《たんけん》もできないのだから。でも、そう考えると、ヴァージルの状態はそこまでひどくなさそうだ。目が真っ赤に腫《は》れているし――きっと泣いたんだ――服もよごれているけど、それ以外は、通級指導《しどう》教室でいつも見かける男の子と変わらない。

「新しいなわとびを買ってあげる」

とヴァージルがユミに言った。

　ほとんど聞きとれない。

　カオリの視線《しせん》がヴァージルからわたしにうつり、またヴァージルにもどった。なんだか学校の先生が、生徒のだれかが文章題を解《と》くのを待っているときのように。

「あんな古いなわとび、どうだっていいよ！」

　ユミが言う。

「ねえ、全部教えて。どうやって中に入ったの？　何があったの？　ずっと何してたの？　どのくらい長くいたの？　ガリヴァーはどうしてた？　こわかった？　死ぬかと思った？　あとどのくらい生きていられたと思う？」

「もう！　ユミったら、いつになったら質問《しつもん》をやめるつもり？」

「お姉ちゃんだって、今、質問したよ」

ヴァージルがちらっとこっちを見た。首のあたりが赤くて、それがじわじわと顔に広がっていく。だれかが下から上へ、ペンキで塗《ぬ》っているみたいに。

「ガリヴァーが井戸《いど》に落ちたんだ」

ヴァージルが言った。ほとんど聞きとれない。声が小さいし、またカオリのほうを見ているから。

「だから、助けだすために、おりていった」

わたしはカオリのほうをむいた。正しく聞きとったかどうかたしかめるために。

「ガリヴァー?」

「ヴァージルのモルモットの名前」

とカオリが説明する。

「わたしのモルモットは、リリパットっていう名前だったの」

わたしはヴァージルに言った。

ヴァージルは、あっ、というような表情《ひょうじょう》をした。やっぱり物語を知っているんだ。でも、そのあとだれかにファスナーをつけられたように口をとじた。

「ヴァージル」

カオリが、わたしにもわかるように、こっちを見ながら言った。

「ヴァレンシアのこと、知ってる？　ヴァレンシア・サマセット。知ってるでしょ？」

カオリの言いかたは、へんだった。ヴァージルにヒントを出しているような感じ。でも、なんのヒント？

ヴァージルはうなずいた。

わたしたちはつったっていた。

みんなが黙《だま》っているから、わたしが口をひらいた。

「リリパットは『ガリヴァー旅行記』に出てくる島のひとつなの。偶然《ぐうぜん》だね」

カオリとユミがそろって口をあけたけど、何か言う前に、わたしは手を前に出した。

「はいはい、わかってる。偶然なんてものはないんだよね」

携帯《けいたい》電話がまたふるえた。ママだ。

怒《おこ》ってる。

心配してる。どこなの？
すぐ帰ってきなさい。

全部、太文字だ。よくない印。

わたしはため息をついた。

「本当に帰らなくちゃ。ママが大さわぎしてる」

カオリがヴァージルの肩《かた》をおした。強く。セイクリッドがドタドタやってくる。何かがおこるといけないと思ったようだ。それからヴァージルのそばで立ち止まり、ゆるゆるとしっぽをふった。カオリの身ぶりはこう言っている。この女の子はたった今、井戸《いど》の中から助けだしてくれたんだから、お礼くらい言ったらどうなの？

でも、ヴァージルが静かにしていても気にならない。おとなしい人もいる。それだけのこと。

礼儀《れいぎ》を知らないわけじゃない。期待された言葉を言うのをまわりの人が待っているのはどんな感じなのか、わたしにはわかる。ほかの人が〈話しかた〉を忘《わす》れると、わたしもそんな気持ちになるから。

でも、カオリはしつこかった。両眉《りょうまゆ》をあげて、手ぶりをする。ほら、ほら。

ヴァージルは自分の足を見おろした。口もとが動いているみたいだけど、何を言っているのかわからない。何かを言っているのだとしても。だけど、もう聞いている時間がない。すぐ帰らないと、ママは百パーセント神経衰弱《しんけいすいじゃく》をおこす。

カオリに、タナカ&《アンド》サマセットのことで連絡《れんらく》するね、と言って、手をふった。

「じゃあ、またね」

こんなにいろんなことがあったのに、なんだかあっけない幕切《まくぎ》れだけど、結末が思っていたのとちがうことって、あるよね。

40

あんたには望みなんかないわ、ヴァージル・サリーナス

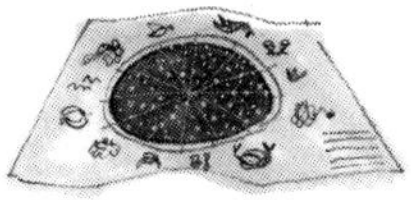

　カオリには耐《た》えがたかった。宇宙《うちゅう》――大きくて謎《なぞ》めいていて気まぐれな宇宙――は、すべてをこまかいところまで（もちろん自分の影響《えいきょう》のおかげで）きちんと計画していたのに、ヴァージルは肝心《かんじん》のひとことすら言えなかったのだ。

「今のはなんだったの？」

　カオリは声をあげた。

「だって、どういうつもりなのよ？　彼女《かのじょ》がV《ヴィ》・S《エス》なんでしょ？　なのに、話しかけもしないなんて！」

　ヴァージルの顔は赤くなった。今は完全に真っ赤だ。セイクリッドの頭に手をのせ、指で毛をなでた。

「どういうこと?」

とヴァージルは言った。

ヴァレンシアの姿《すがた》は見えなくなっていたが、カオリはそっちのほうを手でさししめし、あきれたように目を上にむけ、巨大《きょだい》なため息をつくのをすべて同時にやってみせ、どんなにがっかりしているかをわからせた。

「ろくに口もきかなかったんじゃない! これがあなたのチャンスだったのよ、ヴァージル。学校は休みになった。それで、たった今、彼女《かのじょ》が井戸《いど》の中から救いだしてくれたのに……」

「ねえ、なわとびを持ってたのは、あたしだよ」

ユミが口をはさんだ。

「それなのに、あんたはぼうっと立ってただけじゃない! 夢《ゆめ》にまで見た女の子なのかと思ってた! 友だちになる運命の」

ヴァージルの顔は熟《う》れたイチゴのようになっている。

「どういうこと? 今、会ったばかりなのに」

ヴァージルはしらばくれたけれど、説得力がなかった。

カオリは腕《うで》を組んだ。ユミもだ。

「ヴァージル・サリーナス、わたしはうそを見やぶれるの。あんたはこの宇宙《うちゅう》でいちばんへたくそなうそつきよ。でも、それはものすごく残念なことなの。だって、宇宙があんたのために動いてくれようとしてるんだから」

ヴァージルはセイクリッドを見た。

セイクリッドはヴァージルを見た。

「宇宙は何もしないよ、カオリ。宇宙が何かしてるとしたら、こんな……」

ヴァージルは口をつぐんだ。

「こんな、何？」

カオリがきく。

「なんでもない」

「宇宙が動いたんじゃなかったら、今日おこったことすべて、どうやって説明するつもり？」

カオリは指を折って数えあげていった。

「あんたが行方不明になったその日にV《ヴィ》・S《エス》がうちに来たこと。あんたの居場所《いばしょ》を、なぜか

V《ヴイ》・S《エス》がさぐりあてたこと。ユミがなわとびのロープを持っていたこと」

「そうだよ。そういうの全部だよ」

ユミがすけだちした。

「それに、忘《わす》れてはいけないのは」

カオリは強調するように指を宙《ちゅう》にむけてつづけた。

「V・Sが飼《か》ってたモルモットが、あんたのと同じ名前だったこと」

「同じ名前じゃないよ。彼女《かのじょ》のモルモットの名前はリリパットだった」

「同じようなものよ！」

カオリはいくらでもつづけられそうだったが、母親から、夕食の時間だからもどってきなさいというメッセージが来た。

ヴァージルは犬を見た。

「カオリ、そういうのは全部……」

「言わないで」

とカオリが言った。

「ただの……」

「言わないで」

とユミが言った。

「……偶然《ぐうぜん》だよ」

カオリはがっくりとうなだれた。

「そんなふうに信じてるんだったら、あんたには望みなんかないわ、ヴァージル・サリーナス」

そして妹のほうにむきなおった。

「帰るわよ、ユミ。ミセス・タナカがチキンカツを作ってくれたって」

41

ニレ通りのトラ その2

ひとこと、たったひとこと言えばいいだけだった。「ありがとう」と。ヴァレンシア・サマセットは井戸《いど》から救いだしてくれたのに、自分はお礼も言わなかった。それどころか、ひとことも口をきかなかった。「ハロー」のひとことすら。口をひらいてしゃべるのなんて、むずかしくないだろうに。どうしてこんなときに、こんなに……ヴァージルっぽくなってしまうのだろう。

「ハロー、ヴァレンシア」

そうつぶやきながら、エルム通りを歩いていく。すぐ横にセイクリッドがいる。見えないリードでつながっているかのように。

「ありがとう。きみはぼくの命を救ってくれたんだ。本当に助かった」

体じゅうが痛《いた》い。空っぽの胃が焼けそうに痛む。頭は自分だけの鼓動《こどう》を持っているかのようにズキズキしている。あちこち傷《きず》だらけでよごれている。もうすこしで死ぬところだった。それでも「ありがとう」くらいは言えたはずだ。せめて「ハロー」くらい。

歩道を歩くセイクリッドの足音がタカタカと鳴る。ヴァージルはいつものように、ブルンズの家にどんどん近づいているのをするどく感じとっていた。けれど、疲《つか》れきっていて、それどころじゃなかった。死とむかいあった今では、チェットなど、ものすごく……平凡《へいぼん》な感じがした。つまらない、と言ってもいい。

ヴァージルには運命が自分を試しているのかどうかわからなかった。それとも、ただの土曜日の夕方の運なのだろうか。とにかく、近づいていくと、ブルは外にいた。家の前の私道《しどう》にすわりこみ、ボールをひざに、まるで何万キロも離《はな》れたもののようにバスケットボールのゴールを見あげている。

「よう、ウスノロ」

チェットはヴァージルを見ると、そう言った。

それからセイクリッドを見て、体をすこしうしろにずらした。

ヴァージルはいつもとちがって、顔をふせなかった。足をひきずって、息を止め、危険《きけん》をやりすごして歩き去ることもしなかった。あまりにも疲《つか》れていて、あまりにもうんざりしていて、あまりにもいろいろだった。今日はヴァージル・サリーナスにちょっかいを出してはいけない日だ。

いや、これからも、ずっと。

ヴァージルはまっすぐチェットの目を見た。知らず知らずのうちに、足を止めていた。

セイクリッドも足を止めた。

ブルはひざを引きよせ、ボールを両腕《りょううで》でかかえこんだ。視線《しせん》がセイクリッドからヴァージルへと走る。

「何見てるんだよ、ウスノロ」

声がふるえているだろうか。

ヴァージルは両腕をさげた。セイクリッドが手に鼻をおしつけてきた。

「もう一度そんなふうに呼《よ》んだら、後悔《こうかい》するよ」

とヴァージルは言った。

ブルの中途半端《ちゅうとはんぱ》なにやにや笑いが消えた。せきばらいをする。

「そうかよ」

とブルは言った。

〈人生を一変させるのに、多くの言葉は必要ないのよ、バヤニ〉


家のそばまで帰ってくると、ロラが外で待っていた。声がなんとか聞こえるくらいまで近づいたとき、ロラはしゃべりだした。

「ああ、どうしてたんだい！　携帯《けいたい》電話にかけたりタイプを打ったりしたんだよ！　いったいどこにいたんだい？　その動物はどうしたのかい？　それにどうして返事を……」

さらに近づくにつれ、しわくちゃの服、ぼさぼさの髪《かみ》、汗《あせ》と疲れの跡《あと》、腫《は》れた目、はしごの泥《どろ》やさびがついた手が、ロラの目に入った。そしておそらくヴァージルの顔に一種の表情《ひょうじょう》がうかんでいたのだろう。ロラは服や髪をざっと確認《かくにん》したあと、その表情をじっくりと見た。

「ヴァージリオ、今日は何があったんだい？」

ロラは静かにきいた。

「食べられたよ、石の少年のように。でも友だちが石を削《けず》って助けだしてくれた」

ヴァージルの声は疲《つか》れきっていた。ロラのわきをとおって、玄関《げんかん》のドアをあけた。ロラはあとにつづき、それ以上何もきかなかった。セイクリッドもつづいた。

両親と兄さんたちは居間《いま》にいたが、ヴァージルのことをそこまで心配していないようだった。みんなはテレビを見ていた――もちろんお笑い番組だ――部屋じゅうが笑い声でいっぱいだった。両親はソファにすわり、ヴァージルに背《せ》をむけていた。ふたごの兄さんはその両側で、背もたれが動く椅子《いす》にすわっている。

ドアの音に母さんがふりむいた。セイクリッドを見たとたん、立ちあがってはげしく手をふりまわした。

「カメ、その犬を追い出して！　カーペットがめちゃめちゃになるわ！」

それを聞いて、ほかのみんなもふりむいた。

「犬がいたら、家にとってはいいだろうね」

ロラが言った。

「泥棒《どろぼう》よけにもなるし」

ロラはわかっているよというように、ヴァージルと目を合わせた。

父さんは、「いっしょにすわってテレビを見よう」と言っただけで、またテレビにむきなおった。見たことのない大きな犬がいても、動じていないようだった。

ジュリアスとジョゼリートは腰《こし》をうかして、セイクリッドを見た。

「それって、なんていう犬？」

ジュリアスがきいた。

「どこからつれてきたの？」

ジョゼリートがきいた。

「さあ。家までついてきたんだ」

ヴァージルはこたえた。

そのとき、ヴァージルは家の中がどんなに明るいかに気がついた。においまで、心を落ち着けてくれる。今まで気づいたことがなかった。すずしい風は肌《はだ》に心地よかった。

母さんはソファをまわってきて、セイクリッドを追いはらおうとした。犬は玄関へ二歩さがり、それからヴァージルのほうへ二歩もどり、サリーナス母さんのあわただしい動きにとまどっていた。

「カメ！　その犬、よごれてるでしょ！　くさいわよ！」

ロラがセイクリッドの頭に手をのせた。犬はじっと立ち止まった。

「お風呂《ふろ》に入れたらいいよ」

ロラは言った。

「ヴァージル、お風呂に入れてやってくれないかい？　そうしてくれるだろ、ヴァージリオ」

ロラはあごをあげて、ヴァージルを見た。その目つきは「わたしにはわかるよ」と言っていた。

でも、何をわかっているのだろう？

〈あなたは以前のヴァージリオとはちがう。それがわかっているの。目をあけて、バヤニ〉

ヴァージルはまばたきをした。セイクリッドの頭に手をのせた。ロラの手のとなりに。

「ぼくのこと、カメって呼《よ》んでほしくないんだ」

ヴァージルは母さんに言った。

「ヴァージルって呼ぶのはいいよ。ヴァージリオでも。バヤニでも。だけど、カメとは呼んでほしくない」

あわてふためいていた母さんは動きを止め、ヴァージルを見つめた。母さんのこんな目つきは、はじめてだ。見たことがない。怒《いか》り？　悲しみ？　ショック？

〈母さんは、はじめてあなたのことを見ているの、バヤニ。それだけのことよ〉

母さんは自分の人差し指にキスして、ヴァージルのおでこにおしつけた。

「わかったわ、ヴァージリオ」

42

メッセージ

わたしの携帯《けいたい》電話には七十三件《けん》の新しいメッセージがある。全部、カオリとのやりとり。ふたりで事業の計画を考えているところ。タナカ&《アンド》サマセット。アルファベット順にサマセット&タナカにしようと提案《ていあん》しそうになったけど、これはカオリが考えついたことだし、わたしよりもくわしいから、やっぱりカオリの名前を先にするのがいい。

わたしの携帯電話には七十三件の新しいメッセージがある。

きのうは十二件しかなくて、ほとんどがママからのもの。

今はもうすぐ真夜中。数時間前から部屋は真っ暗で、携帯電話だけが光っている。あくびが出てきた。
ようやくカオリとわたしは、この会話の続きを明日することに決めた。でも、基本計画《きほん》はかたまっている。つぎのステップはお客さんをさがすこと。
最後に、わたしは質問《しつもん》をひとつした。

井戸に行く前、ユミと何を話してたの？Vが見つかったらすべてわかるって言ってたよね。

カオリは長い間黙《だま》っていた――すくなくとも長い間に感じられた。
ついに返事が来た。

宇宙が語るときがきたら、
語ってくれる。

カオリのビジネスパートナーになるなら、こういう言いまわしを覚えないといけないのかも。

すくなくとも、意味を理解《りかい》しようとしないとね。

でも、なんとなくわかってきた気はする。

これって、わたしが聖《せい》ルネに話しかけるのと、そんなにちがわない。

聖ルネが聞いているのかどうかはわからない。

聖ルネに聞くことができるのかどうかもわからない。

ひょっとすると、聖ルネはとっくにいなくなっていて、わたしはなんにもないところにむかって話しかけているだけなのかもしれない。

でも、もしかしたら聖ルネはどこかにいて、話を聞いたり、うなずいたり、わたしを助けてくれたりしているのかもしれない。

もしかしたらね。

携帯電話《けいたい》を胸《むね》の上に置いて、〈クリスタル洞窟《どうくつ》〉のスノードームをふった。コウモリが飛びまわってしずんでいくのをながめる。探険家《たんけんか》になる願いがかなった。井戸《いど》も、洞窟の一種だよね。

目をつぶって、今日一日のことを頭の中で再生《さいせい》した。一日のうちにヘビにかまれた人を助けて、井戸の中から男の子を救いだして、霊能者《れいのうしゃ》に出会ったなんてはじめてだから、再生することはたっぷりある。ときには、人生っておもしろい。

きのうは携帯電話にメッセージが十二件。

今日は七十三件。

わたしは何もかも思い出してみた。ユミのなわとびのロープのことまで。はしごのいちばん下の段《だん》からたれさがっているところを思《おも》い描《えが》く。あのロープがくちてなくなるまで何年くらいかかるだろう。もしかしたら――もしかしたらだけど――あのロープがべつの子を救うことになるかもしれない。今から百年くらいあとに。どんな子だろう。また男の子かもしれないし、女の子かもしれない。友だちにけしかけられて、おりていく。そして落ちる。そしてとじこめられて、もうけっして逃《に》げだせないと思いこんでいるときに、あのロープを見つける。そうしたら、これは運命だって思うだろう。どうしてこんなところにロープがあるんだろうと考えるけれど、それは絶対《ぜったい》にわからない。

ロープはかがやく。暗い暗い場所で、あざやかなピンク色のとぐろを巻《ま》いて。

そのイメージは気に入った。

わたしたちが何かを残してきた感じがするから。

たぶん、今晩《こんばん》は悪夢《あくむ》を見ない気がする。どうしてわかるかは聞かないで。とにかくわかる、そういうときもあるってこと。

リリパットのことを考えた。ガリヴァーのことも。わたしがお願いしたら、ママはまたモルモットを飼《か》わせてくれるかな。

セイクリッドのことも考えた。今この瞬間《しゅんかん》、何をしているんだろう。

そしてヴァージルのことも考えた。赤みがじわじわ顔をのぼっていったこと。しゃべれなかったこと。家族写真の中にいたヴァージルは、親に言われていやいや写っているみたいだった。本当にそういう気持ちだったんだろう。

ヴァージルのことを考えていたら、ロラを思い出した。「スペインのヴァレンシア！」と言っていた。ヴァレンシア大聖堂《だいせいどう》について調べなきゃ。大切な場所らしい。ロラはそれをちゃんとわかって言っているようだった。どうして大切なのかな。

大聖堂ってどんな形なんだろう。いつか実物を見にいけるかな。

もう一度あくびをした。

わたしは目をとじたままだ。だんだん深く深く深く眠《ねむ》りに落ちていく感じがする。もうすこしで眠るというとき、何かで急に目がさめた。飛びあがりそうになった。目をひらく。部屋が懐中電灯《かいちゅうでんとう》で照らされている感じ。でも、懐中電灯じゃない。わたしの携帯《けいたい》電話だ。ふるえている。

カオリが何か言《い》い忘《わす》れたのかも。

携帯電話をつかんだ。画面があまりに明るくて目が焼けそう。

真夜中を三十三分過《す》ぎている。

ロラの番号だ。でも、ロラじゃないとすぐわかった。

急に、目が冴《さ》えわたった。

たったひとことのその言葉を見つめながら、どういうわけか、なぜかわからないけど……おなかの底から不思議な感じがしてきた。まるでたくさんのチョウが飛びたっていくような。

画面にはこうあった。

ハロー

訳者《やくしゃ》あとがき

何かがきっかけになって、人生が大きく変わることがあります。それは、偶然《ぐうぜん》なのでしょうか？　それとも、運命なのでしょうか？

この物語には、アメリカの十一歳《さい》から十二歳の四人の少年少女が登場します。そして、ある一日のできごとが、それぞれの視点《してん》からかわるがわる、ユーモアもまじえながら語られます。

四人をかんたんに紹介《しょうかい》しましょう。

ヴァージルは、フィリピン系アメリカ人の十一歳の少年。静かでおとなしい性格《せいかく》なので、にぎやかで活動的な家族のみんなから理解《りかい》されていません。フィリピンから移《うつ》り住《す》んできたおばあちゃんのロラだけが、ヴァージルのことをわかってくれます。

ヴァレンシアは、自然観察や探険《たんけん》が好きな十一歳の少女。耳が聞こえないこともあって、友だちとの関係がうまくいかなくなってしまいました。

カオリは、日系《けい》三世の十二歳の少女。星の定めを信じ、「霊能者《れいのうしゃ》」として、相談者の運勢《うんせい》をうらなっています。妹のユミをアシスタントにしています。

チェットは、ヴァージルとヴァレンシアのクラスメートの少年。いじめっ子です。

この四人が、ある運命の一日（それともただの偶然？）、森の中でおこるできごとをとおして、おたがいにかかわりあうことになります。その結果、決定的な変化がおこります。どんな変化がおこるのかここでは書きませんが、原書を最後まで読んだとき、わたしはいい予感を感じながら本をとじることができました。

この作品の作者、エリン・エントラーダ・ケリーは一九七七年にアメリカで生まれました。父親はアメリカ人、母親はフィリピンのビサヤ諸島《しょとう》出身でセブアノ語が母語だとのこと。作者自身は自分をフィリピン系アメリカ人だとしています。子ども時代を過《す》ごしたルイジアナ州では、ほかにアジア系の子はまわりにひとりもいませんでした。外見がほかの子とちがううえに、おとなしくて運動が苦手だったこともあり、ときにはからかわれてつらい思いをしたそうです。まわりの子のような明るい色の髪《かみ》や目にあこがれ、フィリピンらしいものをうとましく思ったこともあったとか。それでも図書館でたくさん本を読み、持ち前の想像力《そうぞうりょく》を使って、八歳のときには物語を書きはじめていました。

当時、作者が読んでいた本には、自分のようなアジア系の子どもは出てこなかったそうです。そのため、自分の書く本には、多様な子どもたちを登場させているとのこと。とくに、自分らしくあることと、ほかのみんなと合わせることのはざまで苦しむ人や、自分の居場所《いばしょ》をなかなか見つけられない人に、あなたはひとりじゃない、と思ってもらえるような本を書きつづけたいと語っています。

作者がこの本を書いたきっかけは、ヴァージルという少年が頭の中に浮《う》かんだことでした。最近は意志の強い積極的な女の子が登場する本がふえているものの、内気で感じやすくて運動が苦手な男の子が出てくる本がもっとあってもいいのではと考えたそうです。またこの作品には、強さにはいろいろな種類があり、体の大きさや運動能力《のうりょく》とは関係のない強さもあるのだという思いもこめられています。自分がほかのおおぜいの人とはちがっているとき、そのまま自分らしくいつづけるのには勇気や強さが必要です。作者はそういう人の味方になりたいと思っているのです。

この物語で作者が応援《おうえん》する側にいるのが、ヴァージルとヴァレンシアとカオリであるなら、いじめっ子のチェットはどういう立場なのでしょう。チェットは自分とはちがっている人たちを見くだしていじめます。父親の態度《たいど》から影響《えいきょう》を受けているのです。チェット自身も不安や問題をかかえていることが読みとれますが、だからといって、いじめは正当化できるものではありません。作者はこのような差別的な考え方や行動をする人々が実際にいるという現実《げんじつ》をはっきりと描《えが》いて見せることで、差別に気づくきっかけをつくり、差別をなくしていきたいと考えているように、わたしには思えます。

さて、この作品では、おばあちゃんのロラがたくさんのお話を語ります。どれもフィリピンの民話からインスピレーションを受けたものですが、フィリピンの民話そのものではなく、作者が創作《そうさく》を加《くわ》えたり、最初からお話をつくったりしています。作者は子どものころ、母親からキリスト教の聖人《せいじん》のお話を語り聞かせてもらっていたそうです。お話の内容はちがっても、語りの雰囲気《ふんいき》を感じさせるこの作品の文体は、そんなところから生まれたのかもしれません。

『ハロー、ここにいるよ』は、二〇一八年、アメリカで毎年もっともすぐれた児童文学作品に贈《おく》られる、権威《けんい》あるニューベリー賞を受賞しました。さまざまな背景《はいけい》の人々と身近に暮《く》らすことがふえ、差別や分断《ぶんだん》が問題になっている今の時代に、多様性《たようせい》が描かれているこの作品が受賞したことには大きな意味があると思います。

なお、カオリの妹は原書ではゲンという名前ですが、日本人読者にとっては女の子の名前だとわかりにくいため、作者の許可《きょか》を得て、日本語版《ばん》ではユミにしました。日本語の弦（ゲン）には弓（ユミ）のつるという意味があると伝えたところ、快諾《かいだく》してくださいました。

最後になりましたが、訳者《やくしゃ》の質問《しつもん》に何度も答えてくださった作者のエリン・エントラーダ・ケリーさんと、いつも支えてくださる編集《へんしゅう》の岡本稚歩美さんに心から感謝《かんしゃ》いたします。

二〇一九年十月

武富博子

エリン・エントラーダ・ケリー
Erin Entrada Kelly

アメリカの作家。Blackbird Fly、The Land of Forgotten Girls の２作が高く評価される。『ハロー、ここにいるよ』で2018年のニューベリー賞を受賞。母親がフィリピン出身で、物語の中にフィリピン系の家族が登場したり、フィリピンの言葉や言い伝えが織りこまれたりするのが特徴的。

武富博子
Hiroko Taketomi

東京生まれ。上智大学法学部国際関係法学科卒業。訳書に「動物探偵ミア」シリーズ（ポプラ社）、『ニューヨークのたからをまもれ！』（フレーベル館）、『スマート―キーラン・ウッズの事件簿―』『セブン・レター・ワード―７つの文字の謎―』『サイド・トラック―走るのニガテなぼくのランニング日記―』（以上評論社）などがある。

ハロー、ここにいるよ

二〇二〇年一月二〇日　初版発行

◆著　者　エリン・エントラーダ・ケリー
◆訳　者　武富博子
◆発行者　竹下晴信
◆発行所　株式会社評論社
〒162-0815　東京都新宿区筑土八幡町2-21
電話　営業〇三-三二六〇-九四〇九
編集〇三-三二六〇-九四〇三

◆印刷所　中央精版印刷株式会社
◆製本所　中央精版印刷株式会社

ISBN978-4-566-02466-3　NDC933　p.336　188㎜×128㎜

http://www.hyoronsha.co.jp